# しゃらくせえ鼠小僧伝

谷津矢車

*Yaguruma Yatsu*

幻冬舎

# しゃらくせえ　鼠小僧伝

装幀　山田満明
装画　宇野信哉

# 目次

# 第一話　博打の始まり

おいおい、どうなってんだ、あれァ。

次郎吉は我が目を疑った。こんなことがあってたまるかよ、いや、こいつァ夢だよなあ……？　しかし、何度目をこすってみても、目の前の光景が変わったりはしなかった。

日本橋の芝居小屋が並ぶ界隈《かいわい》。普段並び歩くことをはばかる男女であっても、連れ立って歩くことのできるほぼ唯一のところだ。仲睦まじい恋人たちが睦言の一つも語らいながら芝居小屋へと消えていく。

そんな幸せそうな人々の流れの中に、見慣れた女の姿を見た。

掃き溜めに鶴。淡く微笑《ほほえ》めばお天道様が恥ずかしがって顔を隠し、眉をひそめれば雷様が恐縮して雲を晴らしてしまうような女だ。左目の下にはつやっぽい泣きぼくろ。青っぽい小袖《こそで》姿で男と一緒に歩いていたのは――。

「お里じゃねえか」

この女の目はさながら氷だ。見据えられると背中に怖気《おぞけ》が走る。その色気の端っこを嗅《か》がされると途端に身動きが取れなくなる。

そのお里は不機嫌そうに眉をひそめる。

「次郎吉さん、江戸に戻っていたの」

「あたぼうよ。なにせおめえに会いに戻ってきたんだ」

しかし、お里には喜んでくれている様子がなかった。横に立つ男を一瞥し、なんでもないの、と言い含めると、次郎吉の手を取って裏路地に引っ張っていった。そして裏路地に入ったその瞬間、少し目を伏せて後、氷のような目を向けてきた。

「あんたが悪いんだからね」

「え、俺が？　なんで俺が悪いんだよ。それにあの男はいったい――」

「あんたが泥棒なんかやらかして所払になったのがいけないんだからね。本当はあんたと添いたかったのに、あんたがそれをおじゃんにしたんじゃないの」

「あ、いや、それァ……」

三年前のことだ。お里とは将来を誓い合う仲だった。憧れの甘い生活。ささやかながらも幸せな所帯。柄にもなくそんな日々への期待に胸を膨らませていた頃、お里はこんなことを切り出した。『実は、おっ母が借金をしていて、それがなくならないと所帯を持てない』と。お里の家が貧乏なのは知っていた。何せ同じ長屋のことだ。お里の父親はずいぶん前に死んだし、母親のお冬は病気がちだ。借財していないほうがどうかしている。そのお里の説明に納得したものの、次郎吉にはその金を工面してやれるような甲斐性はなかった。そうして仕方なく泥棒に入ろうとしたその時、運悪く捕り方に捕まって所払となった。

「まあ確かにおじゃんにしたのは俺だけどよ、でもそれァおめえが入り用だっていうから」

「わたしのせいにするっていうの？　ひどい」

よよよと顔を袖で隠すお里。

でもまあ、この女の願いの挙句に所払になったのは事実だ。しかし、女に泣かれてしまうと何も言えなくなってしまう。周りの目も気になるし、そもそも腕に入れ墨のある身だ。あまり目立ちたくはない。入れ墨を入れられてしまったという事実は明らかに割に合わない気がしたが、その一切合財を目の前の女は涙で引っくり返した。

不公平だよなあ、と心中で呟《つぶや》いていると、お里が涙で腫《は》らした目をこちらに向けてきた。

「そもそも、わたしだって本当はあんな男と所帯を持ちたくないんだから」

「しょ、所帯？　あの野郎と添うのかよ」

「ええ。だってしょうがないじゃない――」

　お里が何か言おうとしたところに、先ほどまでお里と連れ立って歩いていた男が裏路地に入ってきた。齢《とし》はそれほど次郎吉と変わらないだろう。キツネ顔で怜悧《れいり》な目をした細身の優男《やさおとこ》で、大人しい柄の着流しに羽織姿というのはまさしく商人のそれだが、何かが商人とは違う。その違いがなんなのか、次郎吉が悟る前に、男はつまらなそうに口を開いた。

「お里さん、この男は何者ですか」

　聞く者の心胆をずたずたに切り裂くような声だ。背中に冷たいものが走る次郎吉の横で、少し声を震わせながらお里は頭を下げた。

「ごめんなさい、呉兵衛さん」

「お里さん、こちらが求めているのは詫びじゃなくて、説明なんですよ。わかりませんか？――まあいい。あなたに聞かなくても事情はわかりますからねえ」

　瞬き一つせずに、呉兵衛と呼ばれた男はこちらを向いた。

「はじめまして。ええと――」

「次郎吉だよ。お里の許嫁《いいなずけ》だ」

「呉兵衛といいます。へえ、許嫁、ねえ」蛇のような目をお里に向けながら呉兵衛は詠《うた》うように続ける。「おかしいですねえ。あたしもお里さんの許嫁なんですがねェ」

「んなもん知らねえよ。俺ァ、三年前から祝言の約束をしていたもんでね」

すると、呉兵衛は何がおかしいのかケタケタと笑った。

「へえ！　ってェことァ、お里さんの借財を肩代わりする覚悟はできてるってことですかね？　そりゃあ剛毅なお人があったもんだ。で、その当てはおありで？」

そんなものあるわけない。

一応定職についていた三年前だって、その金を工面できずに泥棒に入ったくらいだ。三年間渡世人ぶって関八州《かんはっしゅう》を流浪していた次郎吉にそんな金があるはずはなかった。

次郎吉の沈黙を答えと取ったのだろう。呉兵衛は薄く笑みを浮かべた。

「ってェことは決まりですね。あんたにァ金を払うことはできない。でも、あたしにァ金がある。申し訳ないけど、あんたの出る幕はもうないってことですなァ？」

「でもよぉ、俺のほうが先に」

呉兵衛が顔をこちらに近づけてきた。それこそ鼻と鼻がぶつかるほど近く。

「いい加減にしてくださいよ。あんたにァ金がない。地獄の沙汰《さた》も金次第って言うでしょう。ってェことァ、この浮世も金次第ってわけなんですよ。金のないあんたがどんだけ声を上げてみたところで、何の意味もないんですよ。貧乏人は貧乏人らしく、雨水でも啜《すす》っていてくださいよ。汚らしい」

どんとこちらの胸を突いた呉兵衛は、ふんと鼻を鳴らした。そしてお里に向かって、

「さあ、お芝居に行きましょう。そろそろ演目が始まってしまいますよ」

と言い残し、裏路地から表通りへ歩いて行ってしまった。

思わずお里を見る。顔を真っ青にしたお里は何度も首を横に振った。

「ごめんなさい、ごめんなさい……」

「いや、おめえのせいじゃねえよ」

悪いのは、あの呉兵衛とかいう野郎だ。

親譲りで頭は空っぽだけれども、今目の前で何が起こったのかは見えているつもりだ。許嫁だと言ったが、呉兵衛とかいう野郎とお里のやり取りはどこかよそよそしい。それどころか、お里は呉兵衛の野郎の顔色を窺《うかが》ってばかりだ。あの野郎がどういう奴なのかは知らない。だが、お里の借財を肩代わりできるほどの金持ちなのだろう。その金にあかしてお里を虜《とりこ》にしているのが見え見えだ。

なんて卑怯《ひきょう》な野郎だ！

ふるふると震えるお里の肩を摑《つか》んだ次郎吉は、お里の目をじっと見た。この浮世にあるどんな金銀財宝よりも綺麗に光るこの瞳。この瞳の中に自分が収まっている。この綺麗な瞳の色が、胸の奥にある種火ほどの勇気を燃え立たせる。

「俺がどうにかしてやるから安心しろい。あの野郎との祝言を止めてやる」

「待って！」

お里が次郎吉の手を振り払った。おいおい、どうしたんだよお里？　そんな言葉が口から出るより前に、お里は口を開いた。

「わたしはあの人に嫁ぐの。そうすれば病気のおっ母のあてもつくし、借財も帳消しになるの。それでわたしは幸せなんだから放っておいて」

「待てよ。おめえ、本当にそれでいいのかよ。あんな野郎の嫁になるんだぞ」

「……だって、しょうがないじゃない」

くそう。

長屋暮らしの人間なんてェのはいつもこうだ。結局、江戸っ子というのは、居れば儲《もう》かりそうな巨大な町の端っこになんとなくしがみついている船虫《ふなむし》だ。船虫の死にざまなんて興味がないから誰も知らないだけのことで、戯作《げさく》には人情だあいなせだあと謳《うた》われている江戸っ子は、実のところは病気になっても医者にかかれず、死んでも墓の一つもこさえられないしみったれどもだ。

死にたくないのなら、「だって、しょうがないじゃない」とすべてを肚《はら》の内に押し込んで生きるしかない。

「わかったよ。お里、行きな」

顎《あご》をしゃくる。するとお里は目に溜めていた涙を指で払って表通りへ走り去ってしまった。

けど、いい女、だよなあ。

昔、仕事仲間からあの女の美点を訊《き》かれたことがある。『あんな女のどこがいいんだ？』と。そんなことを言ってくる無礼者たちにはもれなく拳骨を浴びせてやった。そんじゃあ訊くが、そもそも女を好きになるのに理由なんてあるのか？　女を好きになるのは病みたいなもんだ。でなきゃあ、てめえの親父とおふくろが添った理由がわからねえだろう。

お里を助けなくちゃならねえ。三年前のやり残しだ。

江戸に帰ってきて早々、次郎吉の目指す先は定まった。

とはいったものの——。

う、嘘だろ……。

往来を歩きながら、冷たい汗が背中を伝う。

次郎吉の前職は鳶職《とびしょく》だ。鳶といえば大工と並んで江戸の華、古い建物を壊したり、新しい建物を普請《ふしん》する際に、材木を運んだり足場を立てたりとずいぶん忙しい稼業だ。少なくとも、次郎吉が江戸にいた頃は引く手数多《あまた》の人気稼業だった。

だが、今はずいぶんと事情が違うらしい。口入れ屋の親爺のところに顔を出しても、『いやあ、仕事らしい仕事はねえなあ』と言われた。他の口入れ屋に顔を出しても一緒だった。『今は大工だって余ってるんだよ』と門前払いを食らうことさえあった。

どうなってんだよ……。

訳もわからず往来を歩く次郎吉はあることに気づいた。

おいおい、昔、こんなに乞食がいたか？

もちろん三年前も乞食はいたが、その数が桁違《けたちが》いだ。橋の下を覗《のぞ》き込めば乞食たちがボロで家を寄せ合って長屋を作っている。

こりゃあ不景気だ。

これじゃあお里の金どころか、自分の食い扶持《ぶち》さえも雲行きが怪しい。一日回って知り合いの口入れ屋に顔を出しても仕事の一つも見つからないのだ。そうなれば、飛び込みで知らない口入れ屋を冷やかしても駄目だろう。いっそのこと闇の仕事にでも手を付けちまうか。いやいや、男次郎吉、ちっとばかり盗みを犯して、ちっとばかり――いや相当――博打《ばくち》を打つほかは娑婆《しゃば》の人間だ。人間にゃァ踏み越えちゃいけねえ一線がある。

とはいっても、今目の前には仕事がない。さあ、どうしたもんか――。

あてもなく思案に暮れていると、不意に前を歩く職人風の男がぐうと唸《うな》って地面に崩れ落ちた。腹を抱えて地面に倒れたその男は、ぶくぶくと口から泡を吹きながら白目を剝《む》いている。

おいおいなんだってんだよいきなりよォ。

だが、道行く誰もが手を差し伸べはしない。昔ならお節介な野郎が助けに入りそうなもんだったのに……。不景気で心が荒《すさ》んじまってるのかい。

そう困惑する次郎吉の脇を、何者かがすり抜けた。

「大丈夫か」

男に助け舟を出したのは野良着などという粗末ななりの医者だった。総髪に結い、薬箱を手にしているその四十がらみの男は、薬箱から紙包みを取り出して、あたりをきょろきょろ見渡した。そして、その目が次郎吉と合った。

「おう、そこの暇そうな御仁《ごじん》。水を貰ってきてくれ。急げ！」

「はあ？　俺がかよ。やだよ。助けたところで何の得にもなりゃしねえ――」

「じゃあこれでいいか」

するとその医者は懐《ふところ》から一分《いちぶ》判《ばん》を一枚投げてよこした。水汲みの駄賃としては破格だ。

「おう、行ってくるぜ！」

一分判一枚一分判一枚！　心が弾む。近くの長屋に走って水を汲んで戻ると、医者はその水を紙包みの中身――薬と一緒に飲ませた。しばらくすると、口から泡を出していたその職人風の男の顔色に血色が戻ってきた。

「薬ってェのは効くんだね」

「ああ、まあな」医者は真面目《まじめ》くさった顔をする。「きっと、腐ったものでも食ったんだろう。食あたりだ。この薬を飲めば、そのうち下痢になって出るだろう」

「へえ。でも、薬ってェのは高いんだろ？　いいのかい、こんな金のなさそうな職人に使っちまっても」

「ああ、構わんさ。医は仁術なりだ」

いまどき面白い医者があったもんだ。医者といえば高値の着物を身にまとい、とんでもねえ高値の薬代をふんだくる金満野郎か、そもそも大名とか大商人の相手しかしないかのどちらかだ。この医者のように町人に薬を使ってくれる御仁は神様仏様と同じだ。

見世物を見るような気分でその医者を見ていると、不意にその医者は口を開いた。

「そういえば、お主、暇なのだろう？　一つやってほしいことがあるんだが」

「え、なんだよ、いったい？」

「わしはこれから回診があるゆえ、これ以上この男を見ているわけにはいかぬのだ。そこで、この男が目覚めたら、家にでも運んでやってはくれぬだろうか」

「はあ？　なんで俺が⁉」

ふん。中年医者は鼻を鳴らした。

「くれてやったろう、一分判一枚。暇そうにしている職人崩れの一日分の給金には充分だ」

「ぐむ……」

まあ正論だ。だが――。

「でもいいのかよ。俺みたいな見ず知らずの野郎にそんなこと頼んじまってよ。このましらばっくれて逃げちまうことだってありうるだろ」

すると、医者は吹き出した。

「お主がそんな奴だったら、そもそも水を取りに行かせたところでそうしているだろう」

む。なんとなく腹立たしい。心外だ。

「まあ、とにかく頼んだぞ」

「ああおい、あんた」

「む？」

「名前なりと教えてくれよ」

すると中年医者は少し顔をほころばせた。先ほどまでの難しい顔から一転、その表情には愛嬌《あいきょう》めいたものが滲《にじ》む。普段からこんな顔をしていればいいのに、と余計な心配をしてしまった頃になってようやく、医者は口を開いた。

「七兵衛。医者の七兵衛だ。深川に住んでいる。もし何か病を得たら訪ねてこい。深川辺りで尋ねればすぐに家もわかるだろう」

「おう、七兵衛さん、かい。覚えておくぜ」

「ああ。では、その患者を任せたぞ」

言い終わるが早いか、その医者――七兵衛は思いの外軽い足取りで往来の雑踏に混じっていった。

なんだい、ありゃあ。

面白い野郎だ。金満の代名詞である医者でありながら、金を投げるように扱う。無償で道行く病人を助ける。さらには――道行く町人たちにいろいろ気さくに声をかけられているようだ。あれほど町人たちに親しまれている医者というのも珍しかろう。そして、あの笑顔の数こそが、あの医者がこれまで歩んできた道を如実に示しているといえる。

仁医、かい。

いいねえ。かっこいいいねえ。俺とは大違いだ。

ひゅうと口笛を鳴らすと、足元で寝っころがる職人風の男が、うう、と唸った。お、どうしたんだ、とその顔を覗き込むと、男はぱちりと目を開いた。

「おお、目覚めたかい？」

「あれ、なんでおいら、こんな道の真ん中で寝てるんだい」

「おめえが突然倒れたからよ。んで、道行く仁医さんに救われたってェ寸法でェ」

「そうかい……。腹痛《いて》ェなあ」

「そりゃそうだ。んで、おいらはそのお医者さんから付き添いを頼まれたんだよ。あんた、家はどこだい？」

すると、その職人風の男はくわっと目を開いた。老け顔だから誤解していたが、どうやらかなり若いらしい。もしかすると次郎吉より若いかもしれない。太助を名乗ったその青年は次郎吉の肩をがっしと摑んだ。

「じゃあ旦那、家じゃなくって、現場に連れて行ってほしいんでェ」

「げ、現場ァ?」

次郎吉の命数の歯車が、がちがちと音を立てて嚙《か》み合いはじめた。


丁半、コマ揃いやしたァ! 威勢のいい声が響く。その声を聞きながら、次郎吉は相《そう》好《ごう》を崩して隣の男に話しかける。

「いやあ、それにしてもあんたの趣味が丁半とはねえ。世の中わからねえな」

すると、隣に座る男――七兵衛はふんと鼻を鳴らした。

「悪いか。医者にだって息抜きしたい時くらいあるさ」

「いや、わかるぜ、その気持ちはさ」

壺振りが壺を開く。サイコロの目は三と二……。つまり。

「二三の半!」

鉄火場から二種類の声が上がる。表と裏、丁と半。場の空気が二つに割れる。この瞬間の現金な感じが好きだ。勝っても負けてもスカッとする。切れる刀ですぱっと物を断ち切ったが如くに二つに割り切れるのがまたいい。とかく浮世には割り切れないものが多すぎる。

半に賭《か》けた次郎吉に、倍したコマが戻ってくる。それに対して、七兵衛からはコマが取り上げられた。その割に、七兵衛はあまり悔しそうではなかった。それもそのはず、今日のこの賭け金の出所《でどこ》は七兵衛ではない。

「しかしよかったな。こうもとんとん拍子に上手《うま》くいくこともあるのだな」

「俺もびっくりだぜ。今度俺の働きぶりを見に来てくれよ」

「ああ、回診ついでに邪魔しよう」

七兵衛と次郎吉が助けた太助は、大工見習いだった。

介抱した太助に肩を貸しながら向かった先は、日本橋近くの普請《ふしん》の現場だった。既に古い建物が潰されて真っ新《さら》になった土地に、いくつも礎石が置かれている。その礎石の数からいって相当の大きさの建物が立つだろうことは容易に想像がつく。また、白木の木材が土地の隅っこに山積みになっていた。ぼちぼち柱を立てようかという時期だ。

そこにいた老大工は、次郎吉たちを見るなり目を見張った。

『おいおい、何があったんでェ』

次郎吉は事情を話した。太助が突然行き倒れたところを、医者の七兵衛と次郎吉とで助けたこと。そして、太助が目を覚ましたのを見計らってここまで連れてきたこと……。

老大工——棟梁《とうりよう》——の恐縮しぶりといったらなかった。棟梁といえば現場を取り仕切り、いろんな職人を差配する立場だ。この人が黒と言ったことは白であっても黒になる。それを知っている次郎吉からしたら、こうまでへこへこしなくてもいいのに、と言いたくなるほど、棟梁は感謝を表してくれた。

そんな会話の端、ふと棟梁からこんな言葉が飛び出した。

『そういやあ腕のいい鳶を知らねえかい。ここんところ、椋鳥《むくどり》どもが鳶になるんだよ。まあ、なること自体はどうでもいいけどよ、腕が悪くってなあ。おかげで足場も組めねえわ棟上げもできねえわで、困ってるんでェ』

椋鳥、というのは、田舎からの出稼ぎ人のことだ。最近、出稼ぎに来たまま江戸に居着いてしまう者も多い。田舎は田舎で生き易いところではないらしい。そんな椋鳥たちの安い賃金が、江戸っ子の仕事を圧迫しているということだろう。

おお。次郎吉は声を上げた。おいら、これでも鳶だぜ、と。

棟梁の目が光った。じゃあ、ちっとやってみてくれよ、と。

頼まれたのは足場組みだ。作業の命綱となるだけに棟梁の目は鋭い。背中に熱い視線を感じながらも、次郎吉は与えられた竹と縄で井桁《いげた》に足場を組んでいく。そう難しいことではない。三年前に所払になるまでは、十年以上鳶一筋だった。これくらいのもの、目を瞑《つぶ》ってでもできる。

『おう、いいな、あんた。よっしゃ、明日から来てくれ』

そうして、次郎吉は棚から牡丹餅《ぼたもち》で仕事を見つけたのだった。

そんなわけで、牡丹餅をこしらえてくれた七兵衛に早速お礼を言いに行った。棟梁から預かった七兵衛への礼金を携えて。果たして七兵衛は深川の裏長屋の一部屋にいた。そして経緯を説明すると、棟梁からもらった決して少なくはない金を手に賭場《とば》まで引っ張ったのだった。

「しかし、あんたって人は面白いね」

次郎吉の言葉に、七兵衛は不服そうに鼻を鳴らした。

「何がだ？」

「訳がわからねえ。いやね、あんたがタダで介抱したのは、あとで付け届けがあるからだって思ってたんだよ。だけど、こうして博打に使っちまうのが不思議でね」

七兵衛の家を兼ねた診療所には金の匂いはまったくなかった。それどころか、貧乏神の放つしみったれた匂いが充満している始末だ。こんな家の主《あるじ》があんな剛毅に金を使う法はない。

「金は消えものだからな。使うに限る」

「そういうもんかい。さすが仁医の七――」

「しっ」

七兵衛は次郎吉の口を塞《ふさ》いで辺りを見渡した。そして、鉄火場の隅っこに座る男を顎で示した。

「あそこに座っている野郎だが」

「あ、あの隅っこの野郎かい?」

特段の特徴があるわけではない。髷《まげ》の形を見ればその者が何を生業《なりわい》にしているのか、ある程度はわかる。職業によって髪の結い方に特徴があるからだ。しかし、部屋の隅に座るその男には何の特徴もない。大人しい色の着流し姿で、この鉄火場の空気に溶け込もうとしている。

あれがどうした、と言いかけたところで、七兵衛が口を開いた。

「あれは、〝雀蜂《すずめばち》の亀蔵〟だ」

「亀なのに雀蜂たァ、これいかに?」

「あれは瓦版《かわらばん》の辻売りでな」

みなまで聞かなくてもわかる。

江戸の版元にはお上の鈴がついている。なにかお上に不都合なことを書けば詮議《せんぎ》と罰が待っている。しかし、瓦版は違う。一人で彫り、刷り、販売を行なう瓦版は、そもそも取り締まることができない。かくして、瓦版師といえばお上の威光も恐れぬ不届き者たちだ。さらに、〝雀蜂〟などという剣呑《けんのん》な綽名《あだな》がついているということは――。

「奉行所の連中よりも早く犯人を追いつめてしまう。だから、奉行所も快く思っておらぬし、世間の連中も恐れている。が、面白いものを書くゆえ、奴の瓦版はよく売れる」

「へえ」

興味はない。勝手にやってろ、という話だ。だがまあ、傍観者として見た時、奉行所を出し抜いて下手人を取り上げる瓦版師がいたとしたら、それァ人気になることだろう、というのはなんとなくわかる。自分もそうだが、江戸っ子は物見高い。

「それだけではない」七兵衛は続ける。「ここは客筋がいいらしくてな。聞いた話だと、結構名の知れた武家も来るらしい。だから、ああして瓦版師が張って瓦版の種がないか見張っている。お主もあることないこと書かれたくなければ、ここで大人しくしていろ」

「お、おう……」

そもそも入墨者は日陰に生きるしかない。次郎吉は肩をすぼめた。

と、鉄火場の入り口から、ぬらりと男が入ってきた。賭場を取り仕切っている大親分を従えて入ってきたのは――蛇のような目をしたキツネ顔の男。お里と連れ立って歩いていた、あの憎き呉兵衛だった。

野郎、なんでここに？

親しげに大親分に話しかける呉兵衛は、壺振りに一番近い席を扇子で指し示した。既にそこには山のようにコマを積み上げた上機嫌の客が座っている。最初、大親分は何度も首を横に振っていたが、それでも呉兵衛の扇子の先はその特等席から離れることはなかった。仕方なくといったふうに、大親分はその席に座る客に何事かを告げて席を空けさせた。そしてそこに呉兵衛はどっかりと腰を落ち着かせた。その後ろでは、どかされた客が親分に食ってかかっている様子だったが、呉兵衛は何ら意に介する様子もない。暑くもないのに扇子を煽《あお》いで、そのキツネじみた顔を満足げに歪《ゆが》めていた。

「なかなか面倒な奴が来たな」

知ってるのか？　あいつを？

次郎吉は高まる鼓動を聞きながら、小声で七兵衛に訊いた。

「あいつァいったい……？」

「おいおい、お主、江戸っ子だろう。知らないのか？——あれは、呉服屋の呉兵衛だ。どうだ、覚えやすい名前だろう」

「名前は知ってる。あいつは何者でェ」

「悪党だよ」

「悪党？　ってェことは、盗みとか殺しとかしてるのかい」

道理で悪党面なわけだ。そう一人合点をしていると、七兵衛はそれを否《いな》んだ。

「お主はわかっておらぬな。何も盗んだりかすめたり殺したりが悪党じゃない。逆に、盗んだりかすめたり殺したりする善人もいるのだ。……話がそれたな。あいつは、盗みも殺しもやらないが、とんだ悪党だ」

元は海の物とも山の物ともつかない丁稚《でっち》上がりだったという。しかし、主人に上手く取り入り、若くして婿入りしたらしい。そうして若旦那になってすぐ主人がぽっくりと逝き、さらに嫁までも後を追うように死んだ。医者が言うには〝不可解な〟死に方で――。

「おいおい、そりゃあ」

「何ら証《あかし》のないことゆえ、わしはあえて論じぬ。が」七兵衛は続けた。「そのあとは真っ黒だな」

呉服屋の財力を手に入れるや、呉兵衛はその本性を露わにした。借金証文の収集を始めたのだ。商いの証文といった堅いものから、ある金持ちが『あんたとは囲碁仲間だからいつ返してくれてもいいけど、一応証文だけ残しておくよ』と言ってしたためた類のものまで。そうして集めた証文を使って高い利率で借金の返済を迫り、強引に金を集めて回っているという。

「あいつのせいで苦界《くがい》に落ちた女は一人や二人ではないという噂だ」

「そりゃあ悪党だね。で、なんで賭場に顔が利くんだい」

「金を摑ませているのだろう。もしかしたら、証文集めや脅しの時、多少の便宜を図ってやっているのかもな」

悪党だ。

あいつの金は結局他人を踏みつけにして手に入れた金じゃねえか。そんなもんでふんぞり返るたァ、なんて野郎だ。いつかぶん殴ってやらあ。

が、その心中を察したかのように、七兵衛は釘を刺してきた。

「やめておけ。あいつを敵に回すわけにもいくまい。それに、お主、せっかく手に入れた働き口をふいにするつもりか」

「へっ？」

「お主、入墨者だろう」

慌てて左の腕を隠す。しかしもう手遅れだろう。きっとこの医者は、ある瞬間に袖から覗く腕の一本筋に気づいたのだろう。

丁半張った、丁半張った！　また鉄火場に熱が戻ってきた。その熱に浮かされるように客たちがコマを土壇に投げていく。

半に投げた七兵衛はその先を見据えたまま、こう呟いた。

「せっかく江戸に戻ってきたのだ。死ぬまで適当に楽しめばいいではないか。賭場も人生も三十《みそ》振《ふ》り限り、その中で生きるしかないのだからな」

「……ああ」

そうだ。せっかく江戸に戻ってきて、仕事まで見つかったのだ。今のこの生活が落ち着けば、お里を自分の手元に引き戻すことだってできる。望んだ生活が戻ってくるはずだ。三年間、ヤクザまがいの脅しやら喧嘩《けんか》やらを繰り返していた間、ずっと待ち望んできた生活まで、あと一歩のところなのだ。

「そうだな。普通の生活が一番ってやつだ」

次郎吉は踏ん切りをつけるように、丁にコマを投げた。

その数日後、次郎吉は例の棟梁の現場で足場を組んだ。

「おう次郎吉、おめえの足場は全然崩れねえな！　こりゃあいい！　俺の命も預けられるってもんよ」

「へへっ」

足場の上で何度もぴょんぴょんと飛び跳ねる棟梁を見上げながら、次郎吉はくすぐったい気持ちに襲われていた。働くということはこんなに気持ちよいことだったろうか。

そういえば、所払になる前は悪い仲間に連れられてすっかりのめり込んでしまった博打に手足を取られ、こうして働くということの楽しさを忘れかけていた。働くということは何も金を貰うだけじゃねえんだなあ、そんなことを今更のように思い出していた。

「おい、おめえも次郎吉を見習えよ！」

老け顔の太助がうへえ、と悲鳴を上げた。

もうすでに柱がいくつも立ちはじめている。あとはこれを組み上げて骨組みを作る。そうすれば棟上げだ。

「おいおめえたち！」棟梁が足場の上で檄《げき》を飛ばす。「今日中に棟上げまで持っていくぞ！　じゃねえと建て主にどやされちまうからよ！」

「おう！」

こうしてこの日の作業が始まった。

次郎吉は材木を運んで、太助と柱を立てる。そして上にいる棟梁が横木を組んでいく。

自分の手でどんどん形ができていく喜びが次郎吉を包む。

だが、そんな感傷は途中で打ち切られた。

その始まりは、季節外れの大風だった。

出し抜けに吹きつけてきた大風は組みかけの骨組みにもろにぶつかった。しかし、建物はびくともしない。だが、足場の上にいる棟梁にしてみれば、その風はあまりに強かったらしい。

「お、お、お?」

足場に立つ棟梁はしばらくなんとか体勢を保とうとしていたが、やがて耐え切れなくなったか、足を滑らせた。そうして二階建て相当の高さからまっさかさまに落ちた。

熟しすぎた渋柿が落ちたような音がした。

「と、棟梁!」

太助が棟梁の傍《そば》に走っていった。だが、途中で足を止めた。その意味は次郎吉にもわかる。もう駄目だ。近づくまでもなく察せられるほど、棟梁の負ってしまった傷は大きかった。

しかし、それでも太助は諦めきれないようだった。

「次郎吉さん、医者を呼んでくれ」

「おう、合点でえ」

次郎吉が駆け出そうとした、その瞬間だった。

「その必要はもうないでしょう。無駄なことはしないに限りますよ」

あまりに冷たい声が辺りに響いた。

その声のほうを向くと、羽織を肩で着る、あの憎き呉兵衛の姿があった。

野郎、なんでここに？

次郎吉の疑問に答えたのは、意外にも太助だった。

「あ、ご主人さん……」

これ、呉兵衛の屋敷だったのかよ。世間の狭さを思いつつ、風に倒されかかって卒塔婆のように立つ柱を見上げる。

呉兵衛はすたすたと歩いて地面に横たわる棟梁の姿を覗き込んだ。血の海に沈み、曲がらないはずの方向に関節が曲がってしまっている棟梁の姿を。へえ、くわばらくわばら、と囃《はや》し立てるような口調で呟いた呉兵衛は、その溝《どぶ》の底じみた目をこちらに向けてきた。

「困るんですよねえ。この棟梁、『俺の気に食わねえ職人は使いたくねえ』とか言って納期を遅らせたくせに、こうして仕事を投げ出すようにあっさり死んじまうんですから。無責任ったらありゃしませんよ」

正気かよ。次郎吉は腹の底で悲鳴を上げた。今にも棟梁を足蹴にするんじゃないかと疑いたくなるほどの呉兵衛の振る舞いに、次郎吉は吐き気を覚えはじめていた。

唇を噛んでいた太助が口元を震わせながら声を発した。

「棟梁は」

「へ？　棟梁がどうしたんです？」

「棟梁は、死にました」

それが精いっぱいの反抗だったのだろう。けれど、呉兵衛には通じなかった。それどころか、呉兵衛は、ああ！　と場違いな声を上げて懐から裸の一分判を取り出すと、鯉《こい》に餌《えさ》でもやるような仕草で投げた。ぱらぱらと降る金の一時雨《ひとしぐれ》。一分判がぱらぱらと辺りに散らばった。

「はい、お悔やみです。お拾いくださいな」

にたにたと笑って呉兵衛はこう付け加えた。

「あと、あんたら、首ですからね。わかってますよね、あんたらみたいなへっぽこ大工に仕事なんぞ任せられませんよ。まったく、金を溝に捨てちまいましたよ」

おいおいおいおい。俺たちァおめえの飼い犬じゃねえんだぞ。次郎吉が拳骨を握ったその瞬間だった。太助が拳を握って飛び出した。

「ひいっ！」

呉兵衛が腕を交差させて悲鳴を上げる。

しかし、太助の拳骨は呉兵衛には届かなかった。

というのも、呉兵衛の後ろに控えていた体の大きなガラの悪い連中が間に割って入ったからだ。太助よりも長く太い腕でその顎を殴りつけた。

しばし歯の奥をがちがち鳴らしていた呉兵衛も、地面に転がる大工見習いを見て、立ち上がってこないことを悟るや、一気に居丈高になった。ふん、と鼻を鳴らして地面に転がる太助を何度も蹴り上げた。

「お前！　ごとき！　がね！　あたし！　を！　殴ろう！　なんざ！　一千！　万年！　早いんだよ！　この貧乏人がァ！」

芋虫のように地面を転がる太助は遂《つい》に動かなくなった。

はあはあと肩で息をしている呉兵衛は、ぺっと唾を吐き捨ててにたりと笑った。

もう、我慢ならねえ。

次郎吉も駆け出した。

「てめえ、金で何でも買えると思うなよ！」

拳を固めて呉兵衛に迫る。しかし、呉兵衛はそのいやらしい笑みを浮かべたままだった。

「はん、貧乏人にはわからないでしょうけどね、金で何でも買えるんですよ。金で買えないものがある、なんていうのは貧乏人の痩せ我慢なんですよ」

次郎吉の拳はやはり届かない。呉兵衛の取り巻きの拳が、次郎吉の頰にめり込む。

頭がぼうっとした。痛みは感じない。急に眠くなる。

あれ……。俺は何をするはずだったんだっけ？　頭が揺れて今一つ考えがまとまらない。どんどん視界が狭まっていく。そんな中でも、呉兵衛のいやらしい笑みだけはいつまでも眼裏《まなうら》に残っていた。

ようやく噛み合った歯車が目の前で四散した。そんな気がした。

○

「気がついたか」

西日が目に飛び込んでくる。痛む頭のことなど気にせずに上体を起こすと、そこには仏頂面をした七兵衛が薬箱を携えて座っていた。

「おう、七兵衛さんじゃねえか。なんでここに？」

「仕事ぶりを見に来いと言ったのはどこの誰だ？」

そんな約束をしたような気がしないでもない。だが、頭を揺さぶられたからか、今一つ記憶がはっきりしない。頭が痛む。そのせいだろうか、記憶もあやふやだ。なんでこんなところで寝ていたんだ？　確か今日は仕事をしていて、棟梁が……。

と、棟梁！

ようやく事の次第を思い出した次郎吉は、棟梁の落ちたところを見やった。しかし既にそこに棟梁の姿はなく、砂で覆い隠された血の跡が赤黒い不気味なしみとなって残されているばかりだった。

「駄目だった。わしが来た時にはもう……。清めて細君のところへ届けてもらった」

「あれ、もう一人大工がいただろ？　あんたがこの前助けた男だよ。あいつは？」

「それがな、目覚めた途端、血相を変えて駆け出していったのだが……」

何する気でえ、あいつ……。

ふと表通りが騒がしいことに気づいた。普段の賑《にぎ》わいとは違う、浮き足立った人々の悲鳴にも似た声が交錯している。

まさか……。

嫌な予感に急《せ》き立てられて次郎吉は立ち上がった。

「おい、まだお主は治療が終わってない……」

「七兵衛さんよ。悪いんだけど、手ェ貸しちゃあくれねえか」

「あ、ああ」

七兵衛を杖代わりにして表通りに出た次郎吉は、野次馬が向かう先へと一歩一歩向かった。頭はがんがん痛むわ、足元はおぼつかないわで何度も倒れそうになりつつも、七兵衛の肩に体を預けながら進む。しばらくすると、近くの裏路地へと行き当たった。その入り口に大きな人だかりができている。

何があった……？

野次馬を掻《か》き分けて近くに寄った。そうして野次馬の視線を集めるその奥へ目を向けると――。

一つの死体が転がっていた。顔はあざですっかり色が変わり、しかも腫れ上がっている。さらに首には縄がかかったままだ。どう見ても、あれは殴る蹴るを受けた挙句、首を絞められて殺されたような死に方だ。

そして、すっかり腫れ上がったその顔にはかすかながら目の辺りに生前の面影があった。

「あれァ……」

「ああ、この前、わしが介抱した……。そして、お主と一緒に働いていた男だな」

嘘だろう？　さっきまで生きていた奴がどうして。

と、次郎吉は気づいた。野次馬の中に、目に収めたくもない男の姿があることに。

それは、キツネのように細い目をさらに細めて薄く笑う呉兵衛の姿だった。傍らには顔を真っ青にしたお里、その後ろにはさっき次郎吉を殴りつけた用心棒の姿もある。

お里！

そう叫ぼうとした次郎吉の肩を七兵衛が摑んだ。

「事情を聞こうか」

次郎吉は七兵衛にすべてを話した。あの大工見習いが建てていたのは呉兵衛の家であること。棟梁が死んだ時、あまりに呉兵衛がぞんざいに扱ったこと。そのことに怒ったあの大工見習いが殴りかかったこと……。

「なるほど。あの大工見習いは仇討ちをしようとしたわけか。そして、返り討ちに遭ったと」

「返り討ちだァ？　あれァどう見たって、寄ってたかって殴る蹴るしたんだろ？　それのどこが返り討ちなんだよ」

「だが、それが呉兵衛のやり口だ」

やがて、人ごみを掻き分けて黒い巻羽織の男たちがやってきた。紺色の着流しにいなせな十手。奉行所の同心だ。しかし、引き連れてきた目明したちにいくつか指示を出すと、すぐにその場を後にしてしまった。

「恐らくこの件は病死ということになろうな」

同心の背中を見やりながらうんざりした口調でそう述べる七兵衛に、次郎吉は噛みついた。

「ハァ？　あんたの目は節穴かよ。あれのどこが病死だ！　首に縄までかかってるんだぞ」

「あれが符牒《ふちょう》なのだ。どうやら呉兵衛は金で奉行所の人間を押さえているらしくてな。首に縄がついて見つかった仏は病死として処分してほしいと頼んでいるという噂だ」

「なんだと……！　ってことはあれか？　あんな死に方をしたあいつは無駄死にってわけか」

「……そう、なるな」

七兵衛は瞑目《めいもく》した。

事の推移は七兵衛の言った通りになった。目明したちは碌《ろく》に周りを調べようともせず死体を戸板に載せていた。暇な目明したちは野次馬を追っ払いはじめた。ほらほら、見世物じゃねえんだ、早く散りな！　そんなだみ声を背中に聞きながら、ふと次郎吉は呉兵衛のほうを見やった。しかし、見たいのは満足げに薄く微笑む呉兵衛の顔じゃない。

お里。

お里は蒼《あお》い顔をして下を向いていた。もしかするとお里はあの呉兵衛がどういう男か知っているのかもしれない。しかし、それでもあの男についていくしかないと心定めているのかもしれない。

糞《くそ》が。

「おい、どうした、行くぞ」

七兵衛は次郎吉の腕を取った。しかし、次郎吉はその手を振り払った。

「なあ、七兵衛さんよ。あんた、この前こう言ったよな。〝死ぬまで適当に楽しめばいい〟ってよ。でもよ、あの呉兵衛の野郎は、そんな俺のささやかな願いを全部踏み付けにしやがったぜ。俺の女を奪っていくわ、俺の働き口をおじゃんにしちまうわ、あの野郎のせいでさんざんだ」

「お、おい」

「刺し違えても構わねえ、俺ァ、あいつの頰を叩いてやらねえことには気が済まねえ」

俺の全部を奪った野郎に拳骨の一つも浴びせられねえでなにが人生だ。それどころか拳を振り上げることすらできねえ人生なんて生きている気がしねえ。

そうして駆け出そうとした次郎吉だったが、七兵衛がそれを阻んだ。袖を摑まれて動けない。

「止めてくれるな。こりゃあ俺の沽券《こけん》に関わる話なんだ」

するると、七兵衛は薄く笑った。

「お主も、むざむざ死ぬよりは上手くいく道を選びたいだろうと思ってな」

「は、どういうこった？」

「一口乗らないか、と訊いているんだ」

その時の七兵衛の目は、仁医として江戸っ子たちに慕われているいつものそれとはまるで違う輝き方を見せた。さながら、闇の中でぎらぎら光る梟《ふくろう》の目にも似ていた。


その次の日の夜、ほっかむり姿の次郎吉は七兵衛に伴われて闇に沈む町に出た。

だが、その夜の散歩にただならぬものを感じていた。

その理由はわかっている。七兵衛の格好だ。紺色の伊賀袴《いがばかま》姿。しかも顔にはほっかむりまでしている。これじゃあどう見ても……。

次郎吉は前を歩く中年医者に声をかけた。

「まさか、だけどよ？　七兵衛さん、あんた」

言わんとするところがわかっているのだろう、七兵衛はさらりと答えた。

「そのまさかだ」

嘘だろ？　なんで……。次郎吉の疑問はとどまるところを知らない。

しかし、七兵衛の背中はいかなる質問をも阻んでいた。無言の圧が次郎吉の口を重くする。

そうして無言で歩くうち、次郎吉の眼前にはさながら城のような威容のお屋敷が闇の中から浮かび上がった。

これァ。

「ここは呉兵衛の店屋敷だ」

「ここが……」

俺からお里を奪った野郎の。

ぎりと歯を噛んで闇の中に浮かび上がる屋敷を見上げた。

だが、七兵衛はそんな感傷に付き合ってくれそうにもなかった。ふうとため息をついて、雨戸の閉まる店の玄関口をぺたぺたと触りはじめた。それはまるで、雨戸一枚一枚に話しかけているかのようだった。何をしているんだ？　訳がわからずに見ていると、やがて七兵衛は目的のそれを見つけたらしい。ある雨戸の前で足を止めた。すると懐から細長い針金を取り出し、それを雨戸と雨戸の隙間《すきま》に差し入れた。その瞬間、向こう側で何かが倒れるような音がした。そうして七兵衛は雨戸を開けてしまった。

「おお……」

すげえ。おそらく七兵衛は雨戸のつっかい棒を針金一つで外したのだ。雨戸のつっかい棒は普通の戸のつっかい棒とはわけが違う。もともと雨戸は戸締りを前提に作られるものだ。なのに――。

「行くぞ」

七兵衛は顎をしゃくった。

なんだよ、こいつ。

次郎吉は七兵衛の手際の良さに思わず舌を巻いた。いや、手際だけではない。次郎吉は目の前の中年医者がその表向きの肩書だけの存在ではないということを肌で理解しつつあった。

七兵衛が歩く時にはまるで床が軋《きし》まない。戸を開ける時すら音がしない。それに、何よりこの男には気配というものがない。前を歩いているというのに、そこに七兵衛がいるということさえおぼろげにしか感じ取れないほどだった。こんな野郎がいるのか――。

視線を送っていると、七兵衛がその視線に気づいた。

「わしの顔に何かついているか」

「いや、そうじゃねえ。まさか、あんたが泥棒たあ」

「ああ、そうだな」

でも――。疑問が湧かないではない。なぜ七兵衛は俺と連れ立って盗みに入ったのだろう、と。これだけの技術を持った泥棒なら、独りでも充分すぎるほどの働きができるだろう。それどころか、一回へまをして捕まった次郎吉なんぞ足手まといもいいところだ。

だが、七兵衛はそんなことに意を介す様子さえなく廊下を進んでいく。

やがて、二人は屋敷の奥にある蔵までやってきた。

「恐らくはここだ」

やはり蔵には錠前が三つも掛かっている。

「なるほど、あの呉兵衛もわかっているじゃないか。錠前というのは時間稼ぎの道具とな」

古今東西、錠前の外し方には定石がある。最悪外せなかったとしても、扉を壊すなり錠前そのものを壊すなりすれば破ることはできる。だが、時間がかかりすぎては盗むことはできない。結局のところ錠前というのは泥棒の心を折るためのものだ。

心なしか七兵衛は嬉《うれ》しそうだった。

「舐《な》めてもらっては困る」

懐から細い金鋸《かなのこ》を取り出した。そしてそれからは七兵衛の一人舞台だった。三つ並んだ錠前が鍵でも差し入れているかのような速さで開いていく。

「す、すげえ」

そうして瞬く間に蔵の戸は開け放たれた。

「少し手こずったか」

二人は奥へと進んでいく。ここはやはり金蔵らしい。見たことのないような珍宝や金目のものが乱雑に置かれていた。しかし七兵衛はそんなものには一瞥さえくれなかった。この辺のものは持っていかないのかい？　そう声をかけると七兵衛は首を横に振った。

「骨董品は盗んだところで足がつく。持ち主に紐づいてるからな。だから、狙うとすれば紐のついていない――」

七兵衛は足を止めた。

そこにあったのは千両箱だった。二箱だ。

「稼いでるな、あの野郎」

「ああそうだな。――千両箱二つ、担げるか」

「ふ、二つ⁉　本気かよ」

千両箱は相当重い。一つ担ぐだけでも腰が抜けそうなくらいだ。

「おいおい、あんたもせめて一つ担いでくれよ」

「悪いな、わしは腰を痛めているから重いものは運べないのだ」

なるほど。これほどの盗みの腕を持っていながら一人で仕事をやらないのは、そのあたりが理由かい。自分は結局人足でしかないということに今更ながら気づかされる。

すると、七兵衛はぷっと吹き出した。

なんだよ。そう声をかけると、七兵衛は答えた。

「いや、わかりやすい奴だと思ってな」

「なんだと」

「いや、上々だ」

早く担げ。言われるがまま千両箱を二つ担ぐ。腰が軋む音が確かに聞こえたが、何とかこらえた。それをしばらく見やっていた七兵衛だったが、ふいに懐から藁束《わらたば》を取り出した。

「おい、何をする……」

「見てろ」

さらに懐から火打石を取り出した七兵衛は目の前で火花を散らせた。何度かそんなことを繰り返しているうちに、火花が藁束に移り火がともりはじめた。その小さな火を何度か息で吹いてやると、くすぶっている程度だった火がやがて大きな炎になった。

「お、おい、まさか」

「おう、そのまさかだ。火を付ける」

嘘だろ？　火付け盗賊は獄門　磔《はりつけ》の重罪だ。

「な、何もそこまで」

「これでいいのだ」

七兵衛は無感動にそう言い放つと、ぱちぱちと音を立てて燃える藁束を床に投げ捨てた。板の間の床に黒い焦げが出はじめ、ついには大きな炎となる。

「蔵だけあって燃えにくかろうが、これほど火が出ればいいだろう」

そう皮肉げに笑う七兵衛の顔は、炎の光に照らされていた。

「さあて、ばれる前に逃げるぞ」

「お、おう」

そう声を上げた瞬間、きぃぃぃぃぃ！　という怪鳥の鳴き声が響いた。いや、それは鳥の声ではなく、この屋敷の主、呉兵衛のものだった。

「そこで何してるんだいお前たち！　蔵に火を付けやがったね！　なんてことをしやがるんだい！」

来たか。憎き呉兵衛。俺のすべてを奪った野郎。手には紙束――借金証文――を抱えられるだけ抱えて、火とこちらを思いきり睨《にら》みつけている。

その瞬間、次郎吉の中で何かが爆《は》ぜた。

もしもおめえがいなかったら。俺ァ今頃お里と仲良く鳶として生きていたはずなんだ。この江戸の端っこで、お里の笑顔を見ながら生きてこられたはずなんだ。おめえが金にあかせてすべてを奪った。なあ、そうだろ呉兵衛。ああ絶対に許さねえ。何が何でも許さねえ。

頭の中で激情がとぐろを巻いた。

「おい」

七兵衛のくぐもった制止の声などほとんど聞こえなかった。次郎吉は呉兵衛に迫った。

「失《う》せろや下衆《げす》野郎が」

思いっきり前蹴りを放った。体重の乗り切った足先が呉兵衛の野郎の顎を直撃する。蹴りをまともに喰らって、ぐりんと目を回した呉兵衛はどしゃりと音を立てて床に崩れ、廊下の上でのびた。そしてその呉兵衛から紙束を奪うとそれを蔵の火の中に投げ込んだ。

馬鹿が。どうだ見たか畜生が。

鼻を鳴らしていると、七兵衛はかかと笑った。

「おお、大手柄だな」七兵衛は火の迫る後ろを見やった。「早く逃げるぞ！　こっちにも火が回るぞ」

「おう！」

そうして次郎吉たちは火の手が迫る呉兵衛の家を後にした。


二人して大川沿いの道を駆け抜けていく。

いつの間にかほっかむりを外していた七兵衛は、走りながらも笑っていた。しかし、もうここまででいいと当てをつけたか、肩で息をしながら後ろに続く次郎吉を手で止めた。

「ここまで来ればもうよかろう」

七兵衛は向こうを見やった。それに誘われるように視線を七兵衛のそれと合わせると、夜の帳《とばり》に包まれている江戸の町の空がうすぼんやりと赤く光っている。やはり結構な火事になってしまったのだろう。

「まあ、あのくらいなら大火事にはならないだろうよ……多分」

「だがよお、もっとほかにやりようはなかったのかよ。火を付ける意味はないと思うんだがなあ」

「何を言ってる、火を付けるのが本当の目的だ」

「はあ、どういうことだよ？　まさかあんた、火を付けるのが趣味のイカレ野郎ってこたァ――」

そんなわけあるか。そう口にした七兵衛は後ろ頭を掻いた。

「あそこには、わしの借金証文があったのだ」

「借金証文？」

さる事情で知り合いに金を借りたのだという。人のいい主人で『あんたならいつ返してくれてもいい』と言ってくれていたらしいが、昨今の不景気のあおりを受けて家業が傾き、主人は首を括《くく》ってしまった。事実上返す必要もなかったはずの借金は、形の上だけでも作った借金証文だけが残り、やがてその証文が巡り巡って呉兵衛の許《もと》まで回ってしまったのだという。

「あの男、とんでもない利息をつけてきてな。あまりにも業腹《ごうはら》だったゆえ、火を付けて、なかったことにしてやった」

「じゃあ、この千両箱は？」

「ああ、これくらいは貰ってもいいだろうと思ってな」

とんだ悪党だ。そう笑ってやると、七兵衛は反論した。

「当たり前だろう。火付けも盗みも悪行だ。それに、わしは悪党なもんでな」

今、二人は橋の上にいた。七兵衛が欄干に寄りかかってその下の流れに目を向けはじめたのにつられて、千両箱を抱えた次郎吉もその流れに目を落とした。闇の中、目に見えて奔《はし》る流れ。時々きらりと光る水面《みなも》の奥には何も見えなかった。それはさながら、先行きなんてまるで見通せない人生のありさまにも似ていた。

七兵衛は欄干に寄りかかったまま続ける。

「偽善というのは何とも腹立たしい。あいつのために、こいつのために、などと言って他人の金をむしり取る奴なんていくらでもいる。だが、わしはそういう人間にはなりたくないな」

「それで自ら手を汚すってか」

「まあな」

目の前の仁医を眺めながら、次郎吉はうすら寒い心地に襲われていた。

少なくとも、次郎吉自身には芥子粒《けし》ほどとはいえ良心がある。それに、いくら堕《お》ちたとはいえ殺しはしたくない。だが、目の前の男は違う。次郎吉は、目の前の男の放つ腐臭を嗅ぎ取っていた。

七兵衛は水面から目を離して次郎吉に向いた。

「で、お主はこれからどうする」

「は、これから？」

「お主、仕事なんて見つからないだろう。それもそのはず、江戸は今不景気だ。いくらでも村から人が入ってくるが、火事がないから家も建たん。いかにお主が鳶だからって、そう簡単に仕事が入るものでもないだろう」

その通りだ。

「また、泥棒にでも戻るか」

「そうだねえ――」

どうしようもない。

一応これまでも仕事に就くべく口入れ屋を回り歩いた。だが、いくら回っても仕事なんて見つからなかった。もしあったとしても、左腕の入れ墨が見つかったとたんに話は振り出しにされてしまったことだろう。そんな日々を十日も繰り返していたのだ。もしかしたら、十一日目に仕事が見つかるかもしれねえじゃねえか。そんなことを言う奴もいるかもしれない。だったら俺と代わってくれよ、心の底から次郎吉はそう思った。もし俺と代わってくれたなら、俺の気持ちのひとかけらくらいはわかるかもしれない。

しょうがねえよな、次郎吉はふん切りをつけるように頷《うなず》いた。

「まあ、戻ってもいいかもしれねえなあ……。江戸で金を稼ぎまくって、その金持ってとんずらすりゃいいんだしな。っておい、この金、山分けだよな」

「馬鹿言え、わしが八分、お主が二分に決まっているだろう」

馬鹿言ってるのはどっちだ、と言いかけて、ふと計算してみた。それでもこっちに入ってくるのは四百両。いや、この金が手元にあればしばらく遊んで暮らすこともできる。元々ひょんなきっかけで転がり込んできただけの話だ。これ以上欲をかいてもしょうがない。

そう思っていると――。

風が吹いた。

それも、とんでもない強風だ。

「むっ?」

七兵衛すらも思わず声を上げるほどの猛風だ。火事になると辺りに強風が巻き起こるが、これはまさしくその風だろうか。それとも季節外れの南風だろうか。

しかし、次郎吉はそれどころではなかった。千両箱を持っている上、元々体が小さいのだ。そんな強風に弄《もてあそ》ばれるうちに――。

次郎吉は思いきり体勢を崩し、肩に担いでいた千両箱を二つとも落としてしまった。

あー！　俺の四百両！

千両箱はやがて大きな音を立てて河岸《かし》に落ちた。河岸をねぐらとする乞食たちがその音を聞きつけて目覚めたらしい。ある者がごそごそとねぐらから姿を現した。そして、河岸に転がるものの正体に気づいたのか、ひょうと大声を上げた。それをきっかけにお仲間連中がどこからともなく現れて、千両箱の中身を我先にと奪いはじめた。

「――こうなってはもはや取り返すことも叶《かな》うまいな」

「お、おう」

背中に怖気を感じる。それはきっと、後ろに立っている男の怒りゆえだろう。しかし、いつまでも狂乱じみた河岸を眺めているわけにもいかない。振り返ると、やはり顔を真っ赤にして次郎吉を睨む七兵衛の姿があった。

「この世で善行を積んでも、あの世でしか功徳は得られんぞ。わかっているのか」

何を言われているのかわからない。しかし、目の前の不良医者が怒り心頭に発していることはよくわかっている。

「お主、もう自分の人生を自分で選べると思うな」

「は？」

「決まっているだろうが。わしの裏稼業を手伝ってもらうからな。少なくとも千両分くらいはな」

そういう成り行きかよ。

次郎吉はため息をついた。

どんなに見通しの悪い人間でも、この後のことは何となく察しがついた。どうやら俺ァ、目的のためなら火付けすらも厭《いと》わない、とんだ悪党に遣われる小悪党になっちまうみたいだ。

ままならねえなあ。人生ってェのは。

次郎吉は河岸の下で満面の笑みを浮かべる乞食たちを見やった。きっとあいつらはあの金でしばらくは息をつくことができるだろう。それにしても、それはてめえらの金じゃねえだろ、返せよ馬鹿野郎、と次郎吉は口の端で呟いたものの、その声が橋の下の住人たちに届くことはなかった。

# 第二話　転がる賽の目

「ふむ、悪くない店だな。見事なものだ」

七兵衛は猪口《ちょこ》を傾けて店の中を見渡す。酒樽《さかだる》をひっくり返した椅子《いす》に手を乗せただけで軋む卓。奥には七輪が並ぶ。ちょうど昼飯時を過ぎた今は閑古《かんこ》鳥《どり》が鳴いているが、夕方になればまた客で店の中はごった返す。今の静けさは、いわばあぶくのように消える束《つか》の間《ま》の一時だ。

「おう、すげえだろ。安く売ってたからよ、買い取ったんだよ」

「悪銭身につかず、とは言うが、手堅い道を選んだものだ」

いやらしげに顔を歪める七兵衛に、次郎吉は曖昧《あいまい》な苦笑を返すしかなかった。

この店は次郎吉が汚い金で買ったものだ。

あの呉兵衛の家への火付けから一年。次郎吉はずっと七兵衛の指示で泥棒に入っていた。七兵衛には借りがあって、何とか返さなくちゃならない。そんなわけで、七兵衛に言われるがまま武家屋敷から小金をせしめて、その五割を納める日々が始まったのだ。なにせ七兵衛には、七兵衛の取り分だった千六百両もの借りがある。柄にもなく〝勤勉に〟盗みに入っているうちに、借りは目減りしていった。

そんな頃だ。あいつが、こう言ったのだ。

ねえあんた、店でも持とうよ、と。

金はない。だから盗みで稼いだ。その金で破格に安い店を買って居酒屋を始めた。

職人の家に育った次郎吉にはない発想だっただけに、それがよかったのかどうかはわからない。だが、不景気だと言われる世の中で、とりあえず夫婦で食っていけているのだから万々歳といったところだ。

次郎吉は奥にいる功労者の名を呼んだ。

「おいお里！　出てきて挨拶しろい」

「あ、はい、ただいま」

天女は空を飛ぶものと相場が決まっているが、次郎吉の天女様はからからと履き物を鳴らしてやってくる。頬をわずかに紅く染めて微笑んだその表情は、左目の下の泣きぼくろと相まってびっくりするくらい綺麗だ。これほどの女があの貧乏長屋にいたとはとても思えない。そして、そんな天女を嫁にできたという幸せをまた噛み締める。

七兵衛も思わず猪口を取り落とした。からん、と音を鳴らして卓の上に転がった猪口を拾い上げると、はあ、とも、ふむ、ともつかない声を上げた。

「噂には聞いていたが、別嬪《べつぴん》だな」

にっこり微笑んだお里は、ふんわりとした袖で七兵衛の背中を撫《な》でた。

「お世辞なんか言っても駄目ですよ、お客さん。でも、魚一皿つけちゃいましょうか」

「おいおいお里、あんまりそういうことァ」

「いいでしょ。それくらい」

「いいけどよう」

お里の目は怖い。見据えられると何も言えなくなってしまう。心の算盤《そろばん》とは裏腹に頷いてしまうと、まるで生娘のようにちょこんと頭を下げて、お里はまた奥へと引っ込んでしまった。

綺麗だなあ。かわいいなあ。

我が嫁ながら、あんな可憐《かれん》な女はそうそういない。辺りに仄《ほの》かな甘い香りが残っている。それを焼けすぎて炭っぽいイワシの香りと一緒に吸い込んだ。

「どうでえ。いい嫁だろう」

「そうだな。お主にはもったいない嫁だな。――ま、それだけに、お主の手に収まる嫁とも思えないがな」

「は？　どういうこった」

「いや、こっちの話だ、浮かれた男にする話ではあるまい」

酒を注ぎ足してぐいと飲み干すと、七兵衛は焼きイワシを口に含んだ。苦々しげに眉根を寄せてしゃくしゃくとその頭を噛み砕き、最後には酒と一緒に呑み込んだ。そして、とん、と猪口を卓の上に置いた時には、さっきまでの物静かだけれども人のいい町医者、という普段の姿から、鋭いドスにも似た姿を立ち昇らせた。

怖《こえ》え。

いつもそうだ。七兵衛は普段人畜無害を演じているだけに、ある瞬間に見せるこの顔が恐ろしくてしょうがない。七兵衛が火付けやら泥棒やらを言い出す時にはこの顔になるのだ。

「次郎吉。すっかり惚《ほ》けてしまっているようだから言っておくぞ。お主はまだ千二百両あまり借り残しておる。しばらくこの店のほうが忙しいようだったから目を瞑っていたが、もうそろそろ金を払ってもらおうか」

「とはいってもよう、居酒屋ってェのは朝早くて夜遅い……」

「それはお主の都合だ。わしとの取引の間で何ら考慮される問題ではない」

「そ、そりゃそうだけども。じゃああれだ、居酒屋の上がりの一部を」

「ふん、そんな端金《はしたがね》でいつになったら完済できると思っているのだ」

今も、夫婦二人が慎ましく暮らしていけるだけの上がりしかない。その一割を持って行かれただけでも夫婦は路頭に迷う。数字に弱い次郎吉でもそれくらいの見通しは立つ。

わかっておらんな。そう言いたげに、七兵衛は猪口をあおり、卓の上に音を立てて置いた。

「それだけの金を返すために、綺麗な手でいられると思うな」

「あ、う、え……」

言葉にならない言葉をもごもご言っていると、ぱんと背中を叩かれた。振り返ると、そこには何の事情も知らずにこちらを覗き込んでくるお里の姿があった。

「どうしたのお前さん。顔が真っ青よ。風邪でも引いたの？」

「あ、いや、別に何でもねえよ」

「ああそう？　なんか心配。――あ、お客さん、お待たせしました。めざしです」

その皿を受け取った七兵衛は既にいつもの優しい町医者に戻っていた。口元に笑みすら浮かべ、寡黙ながら鷹揚《おうよう》な仁医のふうを装っている。

「ああ、すまないなあ。わしなんぞに」

「いえいえ、いつもうちのがお世話になっておりまして」

「いやいや、世話などしておらぬさ。むしろこちらが世話になっているくらいのものだ」

「え、うちの人が先生の世話を？」

町医者とはいえ医者は医者だ。医者といえばその身分にふんぞり返っている者が多いだけに、七兵衛のこの低い物腰の理由がわからないのだろう。

言えない。この医者がとんでもない悪党で、その悪党の配下として盗みに入っているなんてことは。それを話してしまえば、この店の金の出所まで話さなくてはならなくなる。そんなことをしたら身の破滅だ。

次郎吉に向かって微笑みながら、七兵衛は続ける。

「いやな。次郎吉にはわしの仕事を手伝ってもらっているのだ。一年ほど前か、町で倒れておった大工を一緒に介抱してな」

「へえ」

意外、とでも言いたげな目でお里がこちらを見やる。

「いや、なりがこんなだから誤解されているが、次郎吉はなかなか見どころのある男だ。できることなら苦労しておるこの男の風向きが変わってほしいものだな」

皮肉にしか聞こえない。冷や汗を背中に感じる。そんな次郎吉とは裏腹に、お盆を抱えるようにして持つお里は思いきり顔を上気させていた。

まあ、いいか。お里のこんな顔が見られるんだから。嘘も方便たあ世間でも言うわけだし。

お里の顔を眺めてぼうっとしていると、いつの間にか肴《さかな》も酒も平らげた七兵衛は酒樽の椅子から腰を上げた。

「さて、もう行くとするか」

「もうお帰りですか？　もう少しいかがでしょう」

「はは、患者が待っておるものでな。また邪魔することにしよう」

お里の言葉に七兵衛は薄い笑みで応じた。物腰は柔らかいが、意思は堅固だ。かなり飲んでいるはずなのに、七兵衛の周りには酒の匂いが残っていない。足取りも軽く、顔色も普段と変わらない。

やっぱりこいつは半端じゃねえや。

舌を巻いているうちに、ひらひらと手を振って七兵衛は店から出て行ってしまった。

そうして店にはお里と次郎吉だけが残された。なんとはなしの沈黙。この沈黙が嫌いじゃない。言葉がなくても通じ合うのが家族だとするならば、この沈黙は幸せと一緒だ。

そんな気がしないでもなかった。

しかし、お里はそんな中で口を開いた。

「面白い人ねえ、七兵衛さん」

「ああ、あの人は面白《おもしれ》えなあ」

表ではあんないい人ぶって、裏では悪どいことやってるんだぜ。そう言おうとしてさすがにやめた。

お里は誰もいなくなった店を見渡してしゅるっと前掛けを外すと、その辺の卓に置いた。

「ねえお前さん、ちょいとおっ母のところに行ってもいい？　洗濯とかしてあげないといけないから」

「ああ、いいけどよう」

「んじゃあ、行ってくるわ。夕方忙しくなるまでには戻るから」

そう言い残すと、お里も出かけてしまった。

お里には老いた母親、お冬がいる。本来なら一緒に暮らすのが筋というものかもしれないが、ばばあを養うような金はないし、そもそもばばあと一緒に暮らすつもりもない。お里だけがいればいい。そんな次郎吉からすれば、お里がお冬のところへ毎日のように面倒を見に行くのさえあまり愉快な話ではない。だが、そこまで言い放ってしまうのは鬼の所業だと堪えることができるほどには次郎吉も普通の人間だ。

ちっ。あのばばあが早くくたばりゃいいのにな。

それはあまりに人の道に外れた本音だということに気づいた。心の中に降り積もる澱《おり》を感じながら、次郎吉は煙草盆を引き寄せて火を点《とも》した。だが、そうやって吸う煙草はどうしてもおいしく思えず、すぐに消してお里の後を追いかけた。

「済まないねえ、次郎吉さん」

「ああいや、いいってことよ」

さっきまで浮かんでいた黒い本音が胸の奥をちくちく突き刺す。そんな心中など知らぬげに、布団の上に体を起こした老婆は次郎吉に満面の笑みを振り向けていた。もうかなりしわくちゃだが、目から頬骨にかけての輪郭になんとなくお里の面影がある。節くれ立った手を前に組んでゆるりと頭を下げもする。

「次郎吉さん、堪忍しておくれよ。うちの長屋の連中は勘違いしているんだよ、あんたのことをさ。ほんの一回の盗みで、あんたのことを極悪人だって思ってるんだ」

「いや……」

まあ、武家屋敷に盗みに入ったのだから極悪人だ。だが、お里の母親にしては老いさらばえ、ずっと病床にあったこの母親の見ている景色はひどく狭くて目線が低い。

そんなお冬の言葉を、若い娘のように笑いながらお里は否む。

「うちの旦那様なのよ、そんなこと言ったら悪いわ」

「そうだねえ、本当にそうだねえ」

今にも念仏でも唱えんばかりのお冬に辟易《へきえき》していると、お里が手拭《てぬぐ》いを手にした。

「おっ母さん、そろそろ体を拭こうね」

「ああそうかい。別に毎日でなくてもいいのに」

「いいから。こういうことは毎日やったほうがいいの」

「そうかい。あんたみたいな娘がいて、あたしは幸せ者だよ」

目を細めたお里は、お冬に向けていた視線を、部屋の端っこで腕を組んでいた次郎吉に向けた。お里の目は雄弁だった。体を拭くから席を外してちょうだい。お里の目は確かにそう言っていた。

「ちょいと日に当たってくらあ」

次郎吉が戸に手を掛けると、お冬が、

「すまないねえ」

と頭を下げた。

つくづく、お人よしなばあさんだ。

呆《あき》れるのを通り越して不気味ですらある。そのお冬の陽の気に追い立てられるようにして、次郎吉は表へ出た。

ふう。お冬の視線を戸で塞ぐと、どっと疲れが出た。

昔から、次郎吉はあのお冬という人が好きになれない。昔はそれこそお里によく似た器量よしだったが、浮世離れしているというか、純真というか、織りたての絹織物のようにまっさらな人だった。そのまっさらな魂が一切損なわれることなくそこにあり、その魂に触れるうちに、自分の魂が汚れていることに気づいてげんなりするという寸法だ。

ふう、とため息をついてお冬の顔を頭から追い出し、気まぐれに辺りを見渡した。

昔と変わらねえボロ長屋だねえ。穴の開いた戸や、破れ障子を眺めながら、次郎吉は少し懐かしく、また嫌な気分に襲われた。

生まれてから所払になるまで過ごしたこの長屋は、腕の悪い職人、病人や安くこき使われている連中の掃き溜めだった。長屋といえば人の出入りが激しいのが相場だが、ここに流れてきた連中は長く居続ける。貧乏人の掃き溜めにお似合いのとんでもないボロ長屋だ。厠《かわや》の戸は破れて丸見えだし、井戸の釣瓶《つるべ》は回すたびに悲鳴を上げる。大家が

『もし修繕してェならてめえらでやれ、その分家賃を安くしてやってるんだ』と公言しているこの腐れ長屋は、風雪に任せて日一日と寂《さび》れていく。長屋の連中も、服はボロボロ、食べているのは腐りかけの野菜の漬物にかび臭い米なんていうしみったれぶりだ。今にも潰れてしまいそうな長屋の真ん中で、そう心中で独りごちたその時だった。

「次郎吉か」

その声に振り向くと、そこには男が立っていた。

齢の頃は五十。小汚い紺色の着流し姿の、白髪混じりの髷を結った男だ。全体にがっしりとした体つきだが、細い顎の輪郭は水面に映る自分のそれとよく似ている。

「親父」

そこに立っていたのは、次郎吉の父親の定吉だった。

しかし、定吉は久々の再会にも顔をしかめた。

「お前、ここで何をしている」

「何って、俺の勝手だろうが」

「勘当された人間が、この長屋で何をしていると訊いているのだ」

所払に遭う直前だ。親父から勘当を言い渡された。盗みの累が及ばないようにするというような殊勝なものではない。要は、『お前のような入墨者など俺の息子ではない』

というのが親父の本音だったろう。……と昔のことを思い出しているうちにも、定吉はこちらに詰め寄ってきた。

「聞いたぞ。お前、あのお里と祝言を挙げたそうだな」

「ああ、それがどうしたってんだ」

答えかけたその時、定吉から拳骨が飛んできた。躱《かわ》せず、その拳骨は次郎吉の頬にまともに刺さった。

「あの女と添うとは。あんな女に関わるなと、あれほど……」

「なんだと、聞き捨てならねえな」

そういえば、勘当されることになった時、次郎吉は『そりゃそうだろう』と半ば諦めていた。しかしその後飛び出した定吉の言葉に逆上し、結局喧嘩別れになっていた。その定吉の言葉は、まさにお里のことだった。

『あの女は駄目だ』

その一言で、親父と縁を切った。

その時の怒りが、絶望が、次郎吉の全身を包んだ。そのどす黒い思いに突き動かされるがまま、次郎吉は定吉の襟《えり》を摑んで拳を振り上げた。

その時だった。

「お前さん、拭き終わっ……」

お冬の長屋からお里が顔を出した。笑みを浮かべていたお里も、最初、表の言い争いが理解できなかったようだが、やがて悲しげに目を伏せて、定吉にちょこんと頭を下げた。

居たたまれない空気が辺りに立ち込める。

次郎吉は定吉の襟から手を離した。

「勘当された親父に何を言われる筋合いもねえや」

「そうだな。俺も、勘当した息子に何を言う義理もない」

「あばよ」

「ふん」

襟を直しながら、定吉は長屋の奥へと歩いていった。

親父、変わらねえな。

地面に転がっていた底の抜けた小さな盥《たらい》を蹴飛ばした次郎吉は、わからず屋の親父の背中をいつまでも目で追っていた。

一番の稼ぎ時である夜の居酒屋稼業を終えて、店じまいのために表に出た。涼しい風が次郎吉の懐に忍び込んでくる。へっくし、とくしゃみを一つこくと、また寒さが一段と深まる気がした。

へえへえ寒いねえ。こんな寒い日はお里の布団にでも忍び込もうかねえ。

助平なことを思いながら縄のれんに手を掛けようとしたその瞬間だった。

「旦那、ちょいと」

闇の中から声がした。

「ああ？　俺かい？」

「ああそうだよ、あんただよあんた。次郎吉さんってェんだろ？」

どこから響いてくるかわからない声だ。さすがに不気味になってきた頃、その声の主は闇の中からぬうっとその姿を現した。

小男だ。どこにでもいる町人の風体《ふうてい》。しかし、髷の形からは何を生業としているのかわからないし、特段の特徴があるでもない。どこにでもいる、という反面、どういう人間かさっぱりわからない、ともいえる。まるで妖怪画ののっぺらぼうを見るかのようだ。しかし、目鼻耳はついているのに正体不明なのだから、不気味さはのっぺらぼうの上をいく。

そののっぺら男は後ろ頭を掻いた。

「店じまいのところ悪いんだけどよ、少し飲ませてもらっていいかい」

「はあ？　なんで」

「いや、飲みてえんだよなあ」

「あのよう、今日はもう店じまいなんだよ。明日出直して――」

と、表の会話が聞こえたのか、店からお里がひょっこり顔を出した。

「お前さん、いいんじゃないの？　お客さんは神様って言うじゃないの」

のっぺら男は、おお！　と声を上げてお里にお追従《ついしょう》を始めた。

「おお、おかみさんですかい！　さすがは話がわかる！　んじゃあ、入らせてもらいますよ」

まるでイタチのように次郎吉とお里の間を縫って店の中に滑り込むや、真ん中の卓に座って早くもめざしと酒を注文してきた。しかし、強引なそのやり方にもかかわらず、あまり嫌な気がしないのは、この男が持つ陽の気によるものだろう。

「はいはい、わかりました。ただいま」

お里もいたずらっ子を見るような顔をしている。次郎吉と似たような気分でこの小男を見ているのだろう。

「ささ、お前さん、めざしを焼いてくださいな」

「合点でえ」

火の落ちかかった炭に風を送って活を入れ、めざしを焼きはじめる。朝買っためざしはちょっと傷みはじめているのか色が悪くなっている。丁寧にじっくりと焼いて出してやった。だが、そんな苦労も知らずに、のっぺら男はぶうぶうと文句を垂れはじめた。

「炭を頼んだわけじゃねえんだけどな」

「あのなあ。腹を下したくねえなら文句を言うんじゃねえよ」

「おいおい、あっしは客だぜ」

「こんな時分じゃあ魚屋も寝てらァ。文句言わずに食え」

「へいへい」

口元をひん曲げながらものっぺら男はしゃくしゃくと炭――もとい、めざしを齧《かじ》りはじめた。そうしてしばらくするとお里が温《ぬる》めの燗酒《かんざけ》を運んできた。その酒を手酌して猪口に注ぐと、のっぺら男はお里にもう一つ猪口を頼んだ。そしてのっぺら男は注いだ猪口を次郎吉に差し出してきた。

「まあ旦那、一献どうぞ。あっしのおごりだ」

「はあ？　いいのか？　ってェか、俺ァここの店主なんだけどよ」

「構わねえよ、客がいいって言ってるんだ」

それもそうか。嫌いなクチではない。差し向かいに座った次郎吉は猪口を受け取った。

「んじゃあ、お相伴に与《あずか》るとしようかね。ありがとよ、ええっと……」

「ああ、あっしは亀蔵。亀印ってェ瓦版を書いてる。〝雀蜂の亀蔵〟ってんでちったあ知られてる」

どこかで聞いたことがある気がする。足りない頭をひねっていると、亀蔵が鼻を鳴らした。

「旦那とは一回顔を合わせてるぜ？　ほれ、賭場で」

ああ。いつぞやの賭場の隅っこで賭場全体を見渡していた男。なるほど、ってことは七兵衛辺りに俺の名前とこの居酒屋の話を聞いたってわけか。

ようやく合点した次郎吉は猪口に口をつけた。ほどよい人肌の燗は一口飲むと甘い香りが鼻をくすぐる。そして、腹の底が熱くなりはじめる。

「そうかい、瓦版師かい。なかなかあんた、顔に似合わず因業な商売やってるんだね」

「はは、違《ちげ》えねえ」

苦笑しながらも亀蔵は否定しなかった。

お武家の滑稽譚や押し込み殺しといった、版元が扱わないような生臭な話を集めて紙に刷り上げる瓦版師は、どうしたってモグリの商売だ。瓦版師は版元とは違ってお上の監視がない。というより、特定の店を持たない瓦版師はそれを配っている時を狙って捕まえるしかないゆえに、当局も取り締まりきれないというのが本当のところだ。とにかく、ただ数が多すぎて追えないというだけで、瓦版師という商売者がぎりぎりの稼業であることに変わりはない。次郎吉の口にした「因業」とはそういうことだ。

とにかく、そうやってケラケラ笑う亀蔵は、目を据わらせたまま歌うように続ける。

「でもねえ、生きてるって感じがしてたまらねえんだな。旦那にゃあわからねえかもしれないがね、江戸を騒がすことができるってェのは快感よォ。あっしの作ったもんが江戸を駆け巡って口の端にのぼった時、ああ、あっしは生きてるんだって実感できる」

「そうかい」

まったく理解できない肚の内だ。

と、その亀蔵は懐から紙を取り出して、次郎吉に差し出してきた。

それは瓦版だった。版元の浮世絵とは違って、彫りが悪くてところどころかすれてはいるが、千両箱を抱えたほっかむり姿の男の絵が描いてある。なんだこれは。そう首をかしげながら読んでみる。でも、元々学などさっぱりなく、文字なんてほとんど読めない次郎吉はすぐに匙《さじ》を投げた。それを察したのか、目の前の亀蔵は、うへへ、と笑って注釈を加えた。

「ええと、これはだな」

一年ほど前、あの悪徳商人・呉兵衛の屋敷から二千両が消えた。その二千両は、さる泥棒が盗んだものである。しかし、その泥棒の凄《すご》いところは、その盗んだ金のすべてを河原の乞食どもに投げ遣ったということだ。火付けまでした泥棒のくせに殊勝なことである。もしかすると、あの火事はその泥棒の仕業ではなくただの失火かもしれない。そもそも、あの悪徳商人を江戸から追い出しただけでも救いの神ではないか云々《うんぬん》。つまるところ、一年くらい前の次郎吉による泥棒稼業の話が、美辞麗句を以《もっ》て語られているというわけだ。

なんだこりゃあ。

そもそも、俺は誰かを助けるつもりで金を盗んだつもりもねえし、火を付けたのは七兵衛だ。いろいろと誤解がある気がするんだが……。だが、それをおくびにも出すわけにはいかない。火付盗賊の仲間だというのは間違いなく事実で、それが明るみに出たらとんでもないことになる。

目の前の亀蔵は、にたりと笑った。

「どうだい、俺の瓦版は。火付盗賊の次郎吉さんよ」

「え……？」

なんでこいつ、知っている？

思わず懐に手を入れ匕首《あいくち》の柄を取ろうとしたのを、目の前の瓦版師は手で制した。

「待ちなィ。旦那、あっしには別に旦那をどうこうしようってェ気はねえよ。だってそんなことしたら損なんだもん」

「損、だと？」

そんな頃になって、ようやくお里が奥から猪口を持ってきた。

「お話が弾んでますねえ。わたしは奥にいますから、何かあったら呼んでくださいね」

「あっ、おい……」

制止する間もなく、お里は奥へと戻っていった。

「へえ、あのおかみさん、なかなかの小悪党だねェ」ケロケロと笑いながら亀蔵は続ける。「さて、話を続けようかい。――旦那のことはすべて調べてある。四年前に所払を喰らって、三年後江戸に戻ってくるなり、呉兵衛の家に火付け。んで、一年余り泥棒稼業をして、今はこうして居酒屋の主、ってね」

「……そこまで調べて、どうするってんだ」

「何、簡単さ。旦那に聞き取りをしてえんだよ」

「聞き取り、だと？」

「おう、旦那さ、今、結構人気者だって知ってるかい？　あの呉兵衛をぎゃふんと言わせたし、それからの旦那の仕事も武家屋敷ばっかりだ。町人を誰も傷つけてねえ。だから、瓦版を買ってくれるお客さんは旦那の活躍を見てえって言ってるんだ」

「はあ？」

呉兵衛をぎゃふんと言わせたのは私怨《しえん》によるものだ。それに、この一年余りの泥棒稼業は七兵衛の指示だ。武家屋敷に忍び込めというのは、『武家屋敷は脇が甘いから』というだけのものでしかない。

狐につままれたような心持ちでいると、亀蔵は一つため息をついて、さっきお里が持ってきた猪口に酒を満たした。

「まああれだよ。旦那は義賊って知ってるかい」

「ぎぞく？」

「ああ。強きをくじき弱きを助けるそんなお人さ。この不公平な浮世に現れて、それを正そうとする正義の味方。それを盗みでやろうってェ存在さァ」

「そんなもん、いるわけねえわな」次郎吉は鼻で笑う。「そんな仏様みたいな泥棒があってたまるかよ」

「でも、旦那はそういうふうに見られてるんだよ」

食いかけの冷めためざしを突き付けながら、亀蔵は言い放った。

はあ、俺が、義賊？

まあ、そう言われて悪い気はしない。これまでの盗みはあくまで自分のためのものだ。なのに、江戸っ子連中から義賊だなんだと褒めそやされるのは悪い気分じゃない。それどころか、これまで日陰者だった身としては、鼻高々ですらある。

「旦那の肚の内なんざ知ったこっちゃねえ。でも、旦那が義賊であるうちは――。てえか、旦那が江戸っ子の人気者であるうちは、付きまとわせてもらうぜ」

「本気かよ」

「ああ。本気さ。あっしは嘘ァつかねえからさ」

顔をしかめながらめざしを嚙み砕いて猪口を飲み干した亀蔵は、ひょいと立ち上がった。そして軽そうな頭を下げた。

「んじゃあ、そんなわけで。これからもよろしく頼みますぜ、旦那」

「え、あ、ああ……」

制止する間もなく、というか、そもそも制止する気もなかったのだが、いずれにしても声をかけようとしたその時には、亀蔵は既に夜の往来へと出た後だった。立ち上がって追いかけたが、その闇の中に亀蔵の姿を認めることはできなかった。

「なんでえ、あいつは」

俺のことを脅してくるかと思いきや、誉めそやして去っていく。しかもこれからも付きまとうと言ってくる。あれァいったい何者だ？

でもまあ、なるようにしかならねえか。

今度こそ、次郎吉は縄のれんに手を掛けた。


それから数日後のこと。

昼時は忙しい。小腹を満たしに来る客のために、気付け程度の酒と作り置きの芋煮を売る。この時間はいつもその辺の普請場で働いている職人たちでいっぱいになる。この日もそうだった。お里と二人で芋煮と酒を客に配っては回り、配っては回りのてんてこ舞いだった。肩に掛けた手拭いで汗を拭きながら席に皿を運んでいた。

と、そんな時だった。

「入るぜ」

ドスの利いた声が店の中に響いた。

「へえ、いらっしゃ……い」

客商売をしていると多少の強面《こわもて》には慣れる。しかし、この客は格別だった。何せ、入ってきた三人組は顔や腕や脛《すね》にこれ見よがしな刀傷がある。しかもそれを隠すでもなく、むしろ見せびらかすようにして歩いている。怯《おび》えている様子のお里との間に割り込むように、次郎吉は三人組の前に立ちはだかった。

「へえ、いらっしゃい。何にしやすかい。酒と芋煮でよろしいですかい」

すると、三人組の一番前、顔に刀傷のある男がこちらをねめつけるようにしてきた。

「俺ァ鈴ヶ森一家のモンだが」

す、鈴ヶ森一家……！

どこからともなく小さな悲鳴が上がる。さっきまでわいわいと賑わっていた店の中が水を打ったように静まり返った。

「はあ、鈴ヶ森一家さんご一行ですかい。んじゃあ、あちらの席に」

しかし、次郎吉はその名前を知らなかった。どこかの旅一座かなにかだろうとあたりをつけた。だが手で席を示したその瞬間に、その顔に刀傷のある男が次郎吉の襟を取った。

「舐めんじゃねえぞ、てめえ」

「は、何がですかい。居酒屋に来たお人を席に案内するのは当たり前でしょうに」

「物を知らねえってェのは羨《うらや》ましいもんだ。なあ？」

後ろの二人に、顔に刀傷のある男は同意を求める。するとその二人は、腰に手挟んでいる短刀を少し抜いてみせた。白鞘《しらさや》に隠されていた白刃が光る。いや、これ見よがしに光らせている。

「この辺をシメてる鈴ヶ森一家を知らねえとは、おめえ、新参者かよ。それともどこぞの椋鳥かい。まあいい、そんなことより、〝商売〟の話をしようかィ」

次郎吉の襟から手を離し、どんと押した。思わず次郎吉は三和土《たたき》の上に尻餅をついてしまった。しかし、その刀傷男は悪びれもせず、それどころか満面の笑みを浮かべて腰を下ろし、次郎吉と視線を合わせた。

「俺たちはこの辺をシメてるんだ。だからよ、なんかあったら俺たち鈴ヶ森一家がおめえの店を守ってやるよ。その代わり、ちょいと俺たちに誠意を見せてほしいんだよな。もし誠意を見せてくれたら、北町奉行所同心の目明しをやってる鈴ヶ森親分がおめえの後ろにつくぜ」

「せ、誠意……？」

「決まってんだろ、金だよ金。上がりの五分。それだけ出すんなら、俺たちァおめえらを助けてやる」

ようやくここで次郎吉も思い至った。これはみかじめだ。これまで職人だった次郎吉からすれば遠い話だったが、そういえば昔、普請の現場で大工がガラの悪い奴に小遣い程度の金を渡していたのを幾度も見たことがあった。そうか、商売を始めると、直接こういうのが来ちまうってわけか。

一つ賢くなった気もしたが、納得のいくものではない。

「ふざけんなぃ！」次郎吉は立ち上がった。「五分なんて上がりをやっちまったら、なんにも残らねえじゃねえか。飢えて死ねってかい」

「ああん？」刀傷男は下から見上げるように睨みつけてくる。「わかってるんだろうな。鈴ヶ森一家のお誘いを断るとどうなるかってよ」

「知るか馬鹿野郎！」

理屈ではなかった。立ち上がろうとする刀傷男の襟を握ってそのまま自分の頭を振り下ろした。デコが痛い。だが、ここで怯《ひる》んではいけない。中途半端にやると仕返しが来る。一度やっちまったからには完膚なきまでに。それが喧嘩のコツというものだ。

最初は、てめえ、この野郎、と悪態をついていた刀傷男だったが、やがてその口から涙声で、もうやめてくれ、だの、痛《いて》え、だのと悲鳴が上がりはじめ、最後にはその悲鳴すらやんだ。もういいか、とため息をついて手を離すと、顔面蒼白《そうはく》で鼻血をだらだら流して失神する刀傷男の顔があった。

「て、てめえ、兄貴になんてえことを！」

後ろの二人も気色《けしき》ばむ。しかし、なぜか蒼い顔をしてこちらを見ているだけだ。そして、兄貴がすっかりのびていることに気づいたのか、二人で抱えて、すごすご店から逃げていった。そうして三人の姿が消えた後になって、店の中には歓声が沸いた。

「よくやったぜ、旦那！」

「おめえ凄いなあ！　まさかあの相手をのしちまうなんてさ」

「よっしゃ、店主に乾杯だあ！」

先の歓声とは異なる声が沸きはじめている。どうやら件《くだん》の大立ち回りが酒の肴になってしまったらしい。

まったく、現金な奴らだ。

そう苦々しく思っていると、心配げな顔をしてお里が目の前に立った。そして、手拭いをぽんぽんと頰に当ててきた。

「大丈夫、怪我《けが》はない？」

「おお、ねえよ、安心しろい。俺は頑丈にできてるんでえ」

「ならよかったけど……。でもあんた、喧嘩は大概にしてよね」

「ああ、わかったよ。おめえを悲しませるわけにァいかねえしなあ。おう、ありがとよ、お里」

昔そうしたように、頬に手を伸ばした。しかし、お里はその手をよけると、足早に踵《きびす》を返した。

「あんた、お客さんの魚を焼いてくださいな。わたしは燗を用意しますから」

「あ、おう」

次郎吉はまた七輪の前に戻って団扇《うちわ》片手に魚を焼く自らの役目へと戻った。もしかして、これから面倒なことになるかもしれない、という予感を込めて炭をくべながら。

そしてすっかり灰になってしまったはずのその予感は的中することになる。

「やってくれるじゃねえか、おめえ」

その日の夜、十人余りの強面と一緒にやってきたその老人は、顔にいくつもの刀傷や打撲痕《あと》が残っていた。しかも手の指を見れば何本かない。どう見ても堅気には見えないその老人は、目明しの鈴ヶ森と名乗った。

これが鈴ヶ森の親分。へえ、と思いながら見ていると、その老人は招き入れもしないのに、誰もいない店の席に腰を掛けた。後ろに子分たちを控えさせたままで、だ。まるで自分の家でくつろいでいるかのような顔をしたまま、差し向かいに座るよう次郎吉に顎をしゃくった。

命令されるのが嫌いな次郎吉だが、事ここに至ってはどうしようもない。言われるがまま差し向かいに座る。そして、鈴ヶ森親分のことを観察する。

齢は六十がらみだろうか。白髪混じりの町人髷。縞の着流しに海老《えび》色の羽織。これだけ見たらどこぞの目立ちたがりでしかない。だが、その手で目明しには分不相応な朱大房のついた十手を弄んでいる。こっちにはご公儀がついているんだ、と誇示しているかのようだった。

「まあ、そのなんだ。うちの若い衆が世話になったようだな」

「へえ、まあ、ちょいと……」

さすがに厄介なことになっていることくらいはわかる。のらくらと茶を濁しているうちに、鈴ヶ森親分はこれ見よがしなため息をついて笑いかけてきた。

「なあ、おめえよお、とんでもねえ世間知らずなんだってな。うちの若い衆から聞いたんだよ。〝あいつァ、鈴ヶ森一家を知らねえみたいだ〟ってよ。江戸に住んでる連中で鈴ヶ森一家を知らねえなんざありえねえよ。最初はそう笑ってたんだがなあ。本当に知らねえみてえだなあ。こいつァ困ったぜ」

なんとも回りくどい言い方だ。はっきり言ってほしいもんだ、と心中では毒づいたものの、殺気づいた十人余りを前にそれを言い放つ度胸はさすがにない。

と、ありがたいことに、鈴ヶ森親分が本題に入ってくれた。

「さてと、おめえ、うちにみかじめを払わねえって言ってるらしいじゃねえか。はっきり言おうか、おめえ、ここで商売するのに鈴ヶ森一家を敵に回すたあ太《ふて》え野郎だ。まさか、ここは天下の往来だから誰彼はばかることなく商売できるって思ってるんじゃねえだろうなあ？　ふざけんなよ、おめえらが安全に商いができるのは、この鈴ヶ森一家のおかげだと思いやがれ。俺たちが不逞《ふてい》の輩《やから》をふん縛ってやってるから、おめえらは枕高くして眠れるってェもんなんだぜ？」

結局、言ってることはあの刀傷男と一緒だ。要はみかじめを払えの一点だ。

次郎吉は返した。

「でもよう親分。どうしようもねえぜ？　正直、俺たちァ夫婦で暮らしていくので手一杯なんだよ」

「んなもん知るかよ。なら、酒の値でも高くするんだな」

「そう簡単にできたら苦労もねえや」

お里の提案で、この店の出すものは相場より安くしてある。『これ以上高くすると、味のいい店に客を奪われる』というのがお里の弁だった。おそらくお里の言うことは本当だろう、だってお里が間違うことなんてないのだから。そんな次郎吉にとって、この親分の提案は鼻で笑うべきものだ。

　だが、親分はそんな次郎吉の心中など知ったことではないようだった。

「もう一回言うぜ？　酒の値でも高くするんだな。――もしそれができねえってんなら、ここでは商売できねえと思いな」

「それァいったいどういう意味だよ」

「たとえば、の話だぜ」

　鈴ヶ森親分はいやらしく笑みを浮かべて、十手の先を何度も卓に叩きつけた。とん、とん、とん。その音が、次郎吉の心音と重なる。やがて、十手の先から発される音の間隔がどんどん早くなっていく。

「おめえに何か前科があったとする。それァなんでもいいんだ。どんな小せェ罪でもな。それこそスリみてえなもんでもいい。あるいはちょいと店先に置いてあった小物を盗んじまった、程度のものでもいい。もしおめえにそんな経歴があったなら、いくらでもやりようはあるってもんだ」

　やりよう？

「もし罪がなくても、簡単なもんさ。おめえを適当に捕まえて、牢ン中で水に浸した紙を顔に被《かぶ》せてやる。そうしてしばらく押さえつけときゃ、ぽっくり死んじまった骸《むくろ》が一つできあがるってわけだ。あとはこれを投込寺に捨てりゃあ一丁上がりだ」

「てめえ」

「睨むなよ。そもそもおめえが悪いんだぜ」

「俺が？」

「そりゃそうだろうよ。うちの若い衆に怪我させたんだ。しかも人が見てる所でよう。まったくああいうのが一番困る。俺らは素人さんに舐められちまったら商売あがったりなもんでな。ってなわけで、あの若い衆にはご退場いただいたがね」

「ご、ご退場？」

「おうよ、浮世からご退場」

なむなむ、と手を合わせながら、鈴ヶ森親分は翳《かげ》のある笑い方をした。その嘘くさい笑い方が、逆におぞましい事実を塗り隠しているような気がして怖気を覚える。

親分は残った指三本を一つずつ折っていく。

「まあ、選ぶ道は三つかねえ。今すぐ払うことに決める。これが一番頭のいい選択だと思うぜ？　んで二つ目、今日夜遅くに夜逃げする。まあこれも頭がいい選択かもな。そんで最後の一つが」

最後の一本についてはなぜか何も言わなかった。察しろ、ということか。

「さあ、どうする？　こっちはだいぶ譲歩してるんだぜ？　本来ならここまで顔を潰しやがった野郎なんざ、簀巻《すま》きにして川に流すところだ。それをしねえのは、俺の優しさだと思うがねェ」

そういえば、この店はやけに安いと思ったのだ。金を渡しに行った時、前の持ち主が顔を背けたのはそういったわけだったか、と今になってはどうしようもないことを思い出して歯噛みした。

しかし、もう遅い。

「わかったよ、みかじめを払えばいいんだろうが」

「おう、それでこそだ！　さすが若い奴は違うな、算盤勘定《かんじょう》が早い」

立ち上がった親分は、十手の先を次郎吉に向けた。暗い中、鈍色《にびいろ》のそれは地獄の鬼の金棒のような色をしていた。

「じゃあ、おめえの店は月に一両だからな。その辺、間違えるんじゃねえぞ」

「は、一両？　そんなの聞いてねえよ。それに、一両なんて持ってかれたら」

「生活できねえってか？　だから言ったろうがよ」鈴ケ森親分はにこりともせずに、こちらに猛禽《もうきん》のような目を向けた。「酒代を吹っかけてでも稼ぐんだな、馬鹿が。あと、他の皆さんより高い分はおめえの命の値段だよ。むしろ安いとは思わねえか？　月一両程度の金で命を永らえられるんだ。どんな名医でもできねえ所業だと思わねえかい」

高笑いを残し、親分一行は店を後にした。

ちくしょう。

一人拳骨を作っていると、ふと、店の奥から視線を感じた。

そこには物陰からこちらを見やり震えているお里の姿があった。裏で会話を聞いて、胸を痛めて一人震えていたのだろう。なんと怖い思いをさせてしまったのか。

「すまねえ、お里」

「そんなことよりあんた、大丈夫？」

「おお、大丈夫だよ」

微笑んでみた。でも、上手くいったかどうかはわからない。

と、お里が奥から三和土に下りてきた。そして次郎吉の前に立って見上げた。ほんの少しだけ次郎吉より背の低いお里は、目に涙を溜めて次郎吉にもたれかかるように抱きついた。

「怖かった、本当に怖かった」

「ああ、わかってるよ、お里。すまなかった」

「あんたが怪我したらどうしようって、そればっかり心配してた」

「大丈夫だ、安心しろ。ほれ、ぴんぴんしてるじゃねえか」

そう笑いかけてやると、胸に顔をうずめていたお里がその黒い瞳を向けてきた。その瞳はあまりに真っ暗で、その奥にあるものを見極めることができない。

「――でも、結局みかじめを支払うしかないのね」

「そう、なるなあ」

しかも、一両なんていう額だ。

「どうするの？　うちにはそんなみかじめを払う余裕なんて――」

「ねえだろうな」

さあどうする？　決まってる。

「値上げ、だろうなあ」

「――そうなる、よねえ」

肩を落とすのは何もお里だけではない。次郎吉もまた肩を落とした。


「はあ」

昼と夜の間の客足が途絶える頃合いに、次郎吉は樽の椅子に座ってため息をついていた。次郎吉には帳簿を読める頭もなければ、そもそも数字の何たるかがわからない。だから、目の前にある大福帳の内訳なんざさっぱりわからないから、その辺のことはすべてお里に任せてある。だが、そんなもん見なくとも、店の様子なんてわかるというものだ。

店の売り上げは明らかに落ちている。

そもそも、居酒屋の稼ぎなんてものは客の頭数で決まっているといっていい。客を回しただけ入ってくるものも増えるというのが道理だ。だが、最近客が減っているのだ。

もちろん原因はわかっている。酒と肴の値上げだ。そうしなければ月一両なんて捻り出せない。だが、大して肴が美味いでもこだわりの酒を置いているでもない店が値上げなんてしたらどうなるかなんざ、その辺の子供にもわかる結末だ。

でも、その理屈がわからない奴らがいるというもの事実だ。

「ふざけんなよ」

糞が。一人卓に突っ伏す。

俺が何したってんだ。せっかく所帯を持って店まで構えたってのに、まるでいいことがありゃしねえ。悪いことばっかりじゃねえか。どうなってるんだよ俺の人生ってェのは。

一人卓を叩いていると、入り口から声がした。

「入るぜ、やってるんだろ？」

「へえ、いらっしゃい……ってなんだよ、あんたか」

「あんたとはご挨拶だなあ、旦那。せっかく飲みに来たのに」

まるで邪気もなく現れたのは着流し姿の亀蔵だった。相変わらず個性らしい個性もない男だが、唯一それっぽいところがあるとすれば、腰のあたりに矢立《やたて》をぶら下げていることだろうか。適当な席に座った亀蔵は、にたりと笑って酒と肴を注文してきた。

「ちょいと値上がりしてるけど、いいかい」

「ああ、聞いたぜ。値上がりして客が離れちまったって噂もな」

なぜか楽しげな亀蔵の表情のわけを聞くと、亀蔵は、そりゃそうだろうよ、と悪びれもせずに応じた。

「あっしら瓦版師ってェのは、他人の不幸を面白おかしく伝える商売だ。相手が旦那といえども、他人の不幸を楽しめるようでねえとできねえ因果な稼業なんだよ、悪いねえ。でもよう、他人の悪意を銭に替えて、こうしてあんたの懐も少し潤うんだ。つまり、あっしも旦那も共犯だ」

その理屈だと、この浮世の連中皆が共犯ということになってしまいそうな気がしたものの、肴を焼くのと燗をつけるのに忙しくてそれどころではなかった。

しかし、亀蔵は容赦なく問いを投げてくる。

「おう、そういやあ、おかみさんはどうしたィ？　あの別嬪の」

「ああ、お冬さんのところへな」

「お冬？　それァいったい？」

酒が温まってきた。ぬるま湯から銚子を引き上げると水気を拭いて、猪口と一緒に席へと持っていった。

「ああ？　お里の母親だ。ほぼ寝たきりでな。だから昼間、お里が面倒見に行ってるんでえ」

「へえ、そうかい。でも不思議だね、旦那たち夫婦なんだろ？　だったらそのお冬さんとやらと一緒に暮らせばいいじゃねえか」

いつの間にか矢立から筆を引き抜いて、懐から出したのだろう大福帳に何かを書きつけようとしている。

はん。次郎吉は笑った。

「俺が欲しいのはお里だけなんだよ。あんな老いぼれはいらねえ」

「かー、はっきり言うねえ。旦那の正直さはどうも癖になるぜ」

特に答えることなく、次郎吉は七輪の前に戻る。見れば焼いていためざしがちょっと焦げはじめていた。慌ててひっくり返すと、めざしが涙を流しながらじゅうと泣いた。

「そういや、旦那」

「勝手に飲むことはできねえのか、あんたは」

「いや、手を動かしながら聞いてくれ。旦那が喧嘩売っちまった鈴ヶ森一家のことでェ」

「ほお」

手は止めなかったが気はそぞろだった。それに応《こた》えるように、亀蔵は言葉を継いだ。

「あいつら、とんでもねえ悪党だぞ」

「知ってらあ」

あとで自分で調べてみた。来る客たちにそれとなく鈴ヶ森一家のことを訊いてみたのだ。大体どの客も背中をびくつかせて知らねえの一点張りで、逃げるように帰ってしまったが、いかにも強面の、というか、チンピラ寸前のような連中ほど熱を込めて教えてくれた。

しかし、聞けば聞くほど最低な連中だった。

「元は人足業をやってたものの、それじゃあ立ちゆかなくなったんで、ヤクザの道をまっしぐら。裏に顔が利くってんで親分が目明しになったまではよかったが、今じゃあ上役の同心の弱味を握って、同心以上に権勢をふるってるって話だな」

目明しの親分にはよくある話だ。それだけに、町の連中があれほど恐れる理由がわからない。

と、亀蔵は帳面をひっくり返しながら続ける。

「それだけならただの悪党なんだがなあ。まあ、いろいろやってるからな。――旦那は知ってるだろ？　呉兵衛の野郎が、気に食わねえ奴の首に縄をかけてただろう」

「――ああ」

忘れられるわけはない。袖擦り合った大工見習いがその毒牙《どくが》にかかった。

「あの、首に縄がかかった男、あからさまな殺しだっただろ。あれを見逃したのは、実は鈴ヶ森一家なんだよ。呉兵衛が裏で鈴ヶ森一家と繋《つな》がっててな」

そうか。それは――。

「悪党じゃねえか」

「ああ、だが、誰も鈴ヶ森一家を裁けねえ。腕利きの目明しであることは確かだからな。奴らは裏を知り尽くしているから、裏でも嫌われている奴を時たま捕まえて、てめえの功にしてるんだよ。そうすりゃあお上に対しても言い訳が利く上、裏でもそれなりに尊敬してもらえるからなあ」

「なんて野郎だ」

少しばかり聞いただけでも胸糞悪い。そんな野郎のために奉行所に突き出される裏の糞野郎に同情したくもなった。裏の人間という時点で糞野郎には違いないが、それにつけてもあの鈴ヶ森親分の肚の内よりははるかにましな気がした。

「で、だ」

「おおっと、肴が焼けたぞ」

次郎吉は焼いためざしを皿代わりの笹の葉に載せて亀蔵の前に運んだ。おお、悪いね。そう口にした亀蔵は、猪口に半分ほど入っていた酒を飲み干してめざしを頭から食らった。そうしてしっぽをつまんだまま、真っ黒になった歯を見せ口を開いた。

「あんたよう、親分に狙われてるぜ」

「は？　月に一両のみかじめなんて時点ですでに狙われてると思うんだが」

「旦那ぁ、肝心なことを忘れてるよ。あんた、入墨者だろう」

思わず左腕を右手で隠してしまった。そもそも、なんでこいつ、そんなことを知っている、と。

その反応は予想の範囲内だったのだろう、ケラケラと亀蔵は声を上げた。

「あのよう。あっしはこれでも瓦版師なわけよ。で、旦那が呉兵衛の屋敷に忍び込んで金を盗んだことまで独力で調べ上げたわけだ。そんなあっしにとっちゃあ、旦那の前歴なんて調べるのは簡単なこった。その気になりゃあ、旦那が今まで買った女の名前と数まで調べ上げることができるってなもんだ」

本当かよ。

だが、ここまで言い切られてしまうと、信じないとまずいのではないかという気にさえなってくる。言い切りってえのは大事なんだな、とどうでもいい感想を抱きながらも、目の前にいる瓦版師の背中に妖気《ようき》めいたものがとぐろを巻いているのに気づいて背中が冷えた。

「鈴ヶ森の連中がそこまで調べられるとは思ってねえけど、旦那の前歴くらいは簡単に調べられるんじゃねえかな。となりゃあ、旦那、気をつけないと食い物にされるぜ」

「食い物、だあ?」

「おう、目明しとしての真っ当なお役目だよ。あいつらからしたら、旦那はいいカモだぜ。自分の縄張りの中にいる上、まだ所払を赦免されていない奴だったとなれば、数合わせにはもってこいだ」

「数合わせ? 何の」

「こりゃよくわからねえけどよ、どうも奉行所から月に何人は悪党を捕まえろ、ってお達しがあるらしいんだよな。毎月その数字を越えられないといろいろとまずいらしい。目明しっていう立場で甘い汁吸ってる鈴ヶ森一家からすりゃあ、それは何が何でも越えなくちゃならねえ数字だよ。その数合わせってこった」

そいつはつまり……。

「おいおい、俺はつまり、ドブネズミどもが生きながらえるための餌かなんかってことかよ」

「はは、そいつァ正確じゃねえや。性悪猫が腹減った時のために痩せ鼠を飼ってるようなもんだ」

むろん、鼠が何を指すのかなど言うまでもない。だが、いずれにしても。

「許せねえ」

「はは、許す許さねえの話じゃねえと思うけどねえ。結局は、逃げるか、それとも食われるかの話だよ」

「俺に戦う道はねェってか」

「そういうこったよ」

なぜか楽しげに笑う亀蔵は、猪口を飲み干すとぬらりと立ち上がった。そのさまはまるで井戸の底から幽霊が飛び出してきたかのようだった。

「さて、あっしはもう行きますよっと」

「言いたいことだけ言って行く気かよ」

呆れ半分にそう皮肉を言うと、亀蔵はその皮肉を丸呑みにした。

「そりゃそうだよ旦那。あっしは客だぜ？　客がくだ巻いて何が悪いってね」

「違《ちげ》えねえ」

ひらひらと手を振って、亀蔵は縄のれんを手で払って帰っていった。

くそう。あの野郎。言いたいことだけ言って帰っちまいやがった。

奴の使っていた酒器やら箸を片付けながら、次郎吉は自分に問うていた。

どうする。これから。

逃げる？　そんなことはしたくない。今はこうして曲がりなりにもまともに暮らしていけている。もしこの生活を手放してしまえば、四年前の惨めな生活に戻ってしまう。

あの、ヤクザまがいの日々に。それに、そんな生活になれば、お里とは一緒にいられなくなる。そんなこと絶対に御免だった。四年前、ヤクザの親分から宛てがわれたしらみだらけの薄い煎餅《せんべい》布団に包《くる》まりながら、お日様のようなお里の笑顔を思い浮かべて凌《しの》いでいた。あんな日々には戻りたくない。

だが、逃げなければ、早晩魔手が伸びる。

どうする。俺ァどうする？

と――。

「――さん？　お前さん、お前さんってば」

「あ、ああ？」

ふと顔を上げると、そこには不思議そうな顔をして首をかしげるお里の姿があった。

そのお里の手には風呂敷包みがある。

「ああ、これ、長屋の人たちから貰ってきたの」

お里が風呂敷包みから出したのは、小ぶりの柿だった。なんでも近所の柿の木から皆で協力してもいだものだという。

「長屋ァ？　ああ」

どいつもこいつもしみったれていてどうしようもないねえ。あの長屋に漂う貧乏臭さに耐えられなかったことを、今更のように思い出す。

「お前さん、食べるでしょう」

「いや、いい」

貧乏が伝染《うつ》りそうだった。それに、今はそれどころではない。

「んじゃあ、わたし、奥で剝いてくるわね――」

「なあ、お里」

次郎吉はお里を呼び止めた。お里は子供のような顔をしてこちらを振り返った。

「もしも、もしもだけどよ。今の生活がおじゃんになっちまうことがあったら、おめえ、どうする？」

しばらく、お里は考えるような仕草をした。けれど、ややあって、花が咲き誇るような笑い方をした。

「その時は、その時で考えるわ」

「ああ、そうだな」

この女は俺が守らなくちゃならねえ。この、何にも知らねえ花みてえに咲く女にァ、雨風を凌ぐ庇《ひさし》が必要だ。

さあ、そのためにはどうしたもんか――。

さりとて、頭の悪い次郎吉に名案が浮かぶでもなかった。

しかし、事態は悪いほうへ転がる一方だった。

「は、なんだと？」

お里が外出しているせいか、昼時だというのに店にはまばらにしか客はいなかった。その上、鈴ヶ森親分が仲間を引き連れて入ってきたものだから、わいわいと飯を食っていた職人たちはそそくさと店から出ていってしまった。すると親分は、次郎吉しかいなくなってしまった店の中を悠々と歩き、ねめつけるように次郎吉の顔を見てこう言ったのだった。

ちょいと手伝ってほしいことがあるんだが、と。

意味がわからねえ。次郎吉は声を上げた。

「俺は堅気だぜ。なんで俺があんたらの手伝いをしなくちゃならねえんだよ」

明らかに子分たちがいきり立ったものの、それを親分は水気の抜けかけた枝のような手で制した。

「まあ、まずは聞けよ、若《わけ》えの。話を聞くだけはタダだ」

「話を聞いちまった瞬間に、払わなくちゃならなくなるってこともあるもんでね」

「はは、そりゃそうだ」

親分は磊落《らいらく》に笑った。しかし、その笑い方にほんのひとかけらだけ、こちらを鼻で笑うようなふうがあったのを次郎吉は見逃さなかった。

「まあ、まずは聞くこったな、次郎吉さんよ。――おめえ、入墨者だろう?」

来た。ここまでは驚くに値しない。あの亀蔵ですら嗅ぎつけたのだ。裏に通じた目明しに調べがつかないはずはなかった。

「しかも、泥棒なんだってな。武家屋敷に忍び込んで捕まって、初犯だったたってことで入れ墨喰らって放逐。それが四年前かい。おめえ、見た目と違って苦労してるんだな」

「それがどうした」

「いや、まだ四年前の話だってことだ」親分の目が光った。「入墨者がほとぼりを冷ますにァ、まだまだ早いんじゃないかい。四年前の入墨者が江戸に戻ってきたとなりゃあ、問答無用でまた所払だ」

「な！」

全身の血が逆流する思いだった。

江戸にも、今の居酒屋店主の立場にも未練はない。未練があるとすれば――。次郎吉の脳裏にお里の顔が浮かぶ。

四年前の小娘とは違う。今のお里はもう立派な大人の女だ。だが、お里には江戸から離れられないわけがある。母親のお冬だ。あの情に厚いお里のこと、母親を残して江戸を出るを潔しとしないだろう。それどころか、貧乏してでも母親を守ると言い出すかもしれない。そのお里を置いて江戸から出ることはできない。できたとしても、したくはない。

あるいは、目の前の目明しはそこまで調べ上げているのかもしれない。

いずれにしても。

「てめえ……」

「まあまあ、そう睨みなさんな」鈴ヶ森親分は不敵に手をひらひらと振った。「安心しろい。おめえを奉行所に突き出したりはしねえよ。その代わり、ちょいと頼みたいことがあってな」

「頼み、だあ?」

「ああ、ちょいと耳貸しな」

そうして臭い息を吹きかけつつ、鈴ヶ森親分が口にした話は到底承服できるものではなかった。


その日の夜。

店を閉めてお里が眠りについたのを見届けるや、次郎吉は夜具から抜け出した。月明かりが差し込む部屋の中、お里は幸せそうに眠っていた。月明かりに浮かぶ淡い笑みを見ているとこっちが幸せな気分になる。そして次郎吉は、あぶくのような幸せを守るために、汚したくもない手を汚す。

あの野郎。

鈴ヶ森親分の顔が脳裏に浮かぶ。あのいやらしい面、思い浮かべただけで吐き気がする。しかし、あの野郎の手の中に己の命運が収まってしまっている。やるしかない。

寝所を抜け出し、店の三和土に下りて表に出た。冷たい風が冷や水となって次郎吉の背中を濡《ぬ》らす。しかし、犬のように体をぶるぶるゆすってその冷気を払い落とした。

やってやらァ。

次郎吉が一人、拳骨を握ったその時だった。

「おう、いい月夜だな」

月を見上げる男が一人、腕を組んで次郎吉の店の壁にもたれかかっていた。黒っぽい着流しに長脇差といういでたち。そして組んだ腕には黒い頭巾が垂れている。声に聞き覚えはあるものの、その男が誰かわからずに首をかしげていると、やれやれ、といわんばかりにその男は声を上げた。

「七兵衛だ」

「あ、ああ！」

月明かりにぼんやりと浮かんでいたのは、昼間は野良着姿で大きな薬箱を抱える七兵衛その人だった。

でも、それにしても。

「ど、どうしたんでえ。もう店じまい……」

「そんなもの、縄のれんが片付けられているのを見ればわかるというものだ。——どこへ行くつもりだ」

「どこって……。いや、夜の散歩に」

「ふん、ほっかむりして夜の散歩か。まるで盗みにでも入るような格好だな」

思わず背中に冷たいものが走る。

そんな次郎吉の心中を知ってか知らずか、七兵衛はもたれていた壁から背中を剝《は》がし、のっそりと次郎吉に向かってきた。そして、口角を上げて次郎吉を見下ろした。体はそこまで大きくないはずなのに、七兵衛の凄味に圧されてしまう。

「——泥棒に行くんだろ。鈴ヶ森に脅されて」

「な、なんで知ってるんだよ⁉」

そう。鈴ヶ森親分が示してきたのがそれだった。つまるところ、指定された商家に押し入って金品を盗んでこい、そしてそれを上納しろ、そうすればお前の入れ墨を見逃してやる、そんな謂《いい》だった。

次郎吉はそれに乗った。

だが、七兵衛はそれを鼻で笑う。

「なぜ知ってるか、だと？　実はな、ちょいと注進があってな」

不意に後ろの闇に七兵衛が目を向けた瞬間、その視線の先から一つの影が現れた。七兵衛よりも一回り小さく、少し足取りが軽いその影は、月明かりの下に現れた瞬間、その輪郭を取り戻した。

にかりと相好を崩して現れたのは、亀蔵だった。

「そう。あっしのおかげだよ、旦那。調べたんだよ。鈴ヶ森のやり口をね」

「あいつらのやり口？　どういうこった」

「いやね、鈴ヶ森一家ってやけに下手人を捕まえるのが上手いんだよ。最初は裏に通じてるとか、小悪党を溜め込んでてヤバくなったら吐き出してるんだろうと思ってたんだけどね。調べはじめるうちに、泥棒に入ろうとした野郎とか、あるいはものを盗もうとした奴の前にたまたま出くわして捕まえる、ってえことが多いみたいだ、ってことがわかったんだよ」

「それが何だっていうんだよ」

その言葉に応じたのは七兵衛だった。

「なるほど。火のないところに煙を立てる、というわけか」

うんうんと頷いて亀蔵は続ける。

「そう。七兵衛の旦那の思う通りでさあ。鈴ヶ森の連中は、貧乏な奴とか入墨者とか——つまりは困っている連中をなだめすかしたり、あるいは脅したりして、何か大きなこと……たとえば商家への盗みをさせるんだ。場所なんかも指定してやってな。それで、言われるがままに忍び込んだ奴を一網打尽。そうすりゃ十両以上盗んだ極悪盗人が一匹誕生、ってなわけだ」

なんだと!? ってェことァ。

「ああ。今頃、鈴ヶ森の連中は旦那が来るのを今や遅しと待ってるぜ。んで、旦那が千両箱にでも手を掛けた瞬間に……あれよあれよと獄門行きだ」

「なんてえ奴だ」

それしか言えなかった。決しててめえの手が綺麗だとは口が裂けても言えないが、それにしても罪をでっち上げて点数を稼ぐたあ悪党中の悪党じゃねえか。

だが。

「どうしたらいい? もし今日盗みに入らなかったら大変なことになる」

頭の悪い次郎吉にだってそれからの道筋ははっきり見える。入れ墨を問題にされて江戸からはじき出される。あるいは言うことを聞かなかったことを散々なじって金蔓《かねづる》にされる。いずれにしても碌な目は出ない。

はは。

その言を笑い飛ばしたのは、普段は見たこともない長脇差を腰に差している七兵衛だった。

「何が可笑《おか》しいんだよ」

「お主はどうもいかんな。お主は自分の頭で考えることをせんからいかんのだ。お主は鈴ヶ森親分の示した二つの道を選ぼうと必死になっている。だが、実際には他人の言葉など聞く必要はないのだ」

「は？　意味がわからねえ」

「結局のところ、誰かの言うことに従っている限りは、誰かの掌《てのひら》の上にいるのだと知るべきだな」

難しい話だ。今一つ要領を得ない。

わかったことといえば、一つだ。

「おめえらの言わんとするところは結局わからねえけど、今のこのどんづまりをどうにかする手があるってェこったな。おい、その手を教えてくれよ」

七兵衛と亀蔵は顔を見合わせて、同じく呆れ顔を浮かべた。こいつ、人の話を聞いていたのかよ、そう言いたげに。

亀蔵が、これ見よがしにへえとため息をついた。

「旦那、何にもわかってない……」

その呆れ声を発する口を手で塞いだ七兵衛が、やはり呆れ声で続けた。

「そうだな。結構高いぞ」

「か、金を取るのかよ」

「当たり前だ。しかも、わしが出張《でば》るのだ。それくらいは当然だろう」

ちょっと考え込んでしまった。だが、今は藁にも縋《すが》りたいような窮地であることに変わりはない。それに、次郎吉に今の状態を打開するだけの策があるでなし、結局今は目の前の男に頼るしかない。

「頼む」

「わかった。ならば、策を授けよう」

そうして七兵衛が語り出した計画に、次郎吉は一人膝を打った。

そういやそうだ、なんでそれに気づかなかった?

まあやっぱり、俺が馬鹿なんだろうなあ。

次郎吉は一人肩を落とした。だが、七兵衛と亀蔵は既に歩き出してしまった。行かぬのか、そう言わんばかりに七兵衛はこちらを振り返っている。

「ああ、今行く」

慌てて二人の後を追った。


しっかしまあ。

次郎吉は大きな門を見上げながら心中で呟く。なんでまた、この手が思い浮かばなかったのだろうと。

ここは、鈴ヶ森親分に盗みに入るように命じられた商家――ではない。江戸の町の真ん中、しかも裏長屋が延々と軒を連ねるような一角に、場違いに鎮座する大きな屋敷。ぱっと見では武家屋敷との区別もつかないほどの威容を誇っているのは――。

目明しにしてヤクザの、鈴ヶ森一家の屋敷だ。

七兵衛は言った。逆に盗み返してやればいい、と。

あえて奴の言うことを聞く必要はない。逆に鈴ヶ森一家の屋敷に盗みに入って大金をせしめればいい。いや、大金だけじゃない。むしろ脅し返してやればいいだけだ。鈴ヶ森親分が高鼾《たかいびき》をかいているところにだんびらを突き付けてやればそれで話は終わる。

だが、さすがの次郎吉にも気になることがあった。

門前に並び立つ七兵衛にその疑問をぶつける。

「でもよう、大丈夫かな」

「何がだ？」

「だってよ、もしかしたら、親分は俺の捕り物に出かけて出払ってるんじゃあ……？」

その疑問に答えたのは亀蔵だった。

「それはねえと見ていい」

鈴ヶ森親分はあまり自分の手足を動かすようなヤクザではない。よっぽど大きな喧嘩でもない限りは他の若い衆に任せてしまう。そのようなことを亀蔵は言った。

「だとしたらおかしいなあ。なんで鈴ヶ森親分は俺のところに顔を出したんだ？」

「他人を脅したりゆすったりが好きでヤクザをやってるんだと。あとは、他人を踏みつけるのが好きっていう、どうしようもねえ趣味をお持ちらしいぜ」

合点が行くと同時に、ふつふつと怒りが湧いてきた。他人をいたぶって押し潰すのが趣味の野郎に、俺がようやく手に入れた幸せをないがしろにされそうだってェのか、と。

だが、七兵衛はその次郎吉の怒りに付き合ってくれるつもりはないようだった。大門の脇にある小さな通用門の前に立ち、扉を音もなく押したり引いたりを繰り返した。しかし、いくらやっても開く様子はない。

「ふむ。閂《かんぬき》をはめている、か」

「どうするんでさ」

「そうだな――」

しばらく目を泳がせていた七兵衛は、やがて次郎吉にその目の焦点を合わせた。そして、曰《いわ》くありげに口角を上げた。

「次郎吉。開けてこい」

「は、なんで俺がそんなことやらなくちゃ」

「言うこと聞け」

「む、へいへい」

埒《らち》が明かない以上、次郎吉は従わざるをえなかった。

塀は高い。こんなこともあろうかと鉤《かぎ》付きの縄は用意してある。鉤のついた先を振り回して塀の上に投げ飛ばす。そして何度か力を込めて引くと手ごたえがある。縄が外れないのを確認すると、次郎吉はその縄を手繰って塀を乗り越えた。屋敷の中は不気味な沈黙に包まれている。

屋敷の中に降り立った次郎吉は通用口の戸を開いた。七兵衛、亀蔵が悠々と通用門をくぐって次郎吉の肩を叩いた。

「ご苦労、次郎吉」

「お、おう……」

いつもなら皮肉の一つも言いたいところだが、この時に限ってはできなかった。それは、七兵衛の肩の辺りに漂っている空気が、屋敷の中の淀んだ空気などよりもはるかに淀みきっていたからだ。

しかし、そんな次郎吉の戦慄《せんりつ》など意にも介さず、七兵衛は口角を上げた。

「さて、これからだ。次郎吉、お主は蔵に潜り込んで金を盗め」

「お主は？　ってェこたァ、あんたはどうするつもりだよ」

「さあ、な」

意味ありげなその黒い笑みに怖気が走る。

「お、おう……。じゃあ盗んでくるぜ」

「ああ、気をつけるんだぞ」

七兵衛と亀蔵を残して、次郎吉は屋敷の中を駆けた。

怖い奴だけど、やっぱり七兵衛はすげえ。真っ暗な屋敷の庭を走りながら、次郎吉は心の内で独りごちた。

七兵衛は言った。〝脅されているからといって従っていては奴の思うつぼだ。ならば、鈴ヶ森親分に反撃するのが正しい〟と。そうして七兵衛の口から飛び出したのは、鈴ヶ森親分の屋敷に盗みに入ろうという大胆不敵な案だった。

正しい。実に正しい。次郎吉は膝を打った。

鈴ヶ森一家は目明しとしての役料の他に、町の連中から付け届けの類を貰っていることだろう。さらには本業のヤクザとして、みかじめやら博打の胴元やらによる実入りもかなりあるだろう。

つまりァ。次郎吉は闇の中に沈む大屋敷を見上げて反吐《へど》を吐く。この家ァ、汚ェ金《きたね》で建ったもんだってこった。なら、それをちっとばかし掠《かす》め取ったところで誰のせいでもありゃしねえ。

そうこうしているうちに、蔵の前までやってきた。真っ暗な中、目を凝らすと、調度品と見紛うほどの豪華な錠前がぶら下がって戸を塞いでいる。舌なめずりをした次郎吉は懐から金鋸を取り出した。

ふん、錠前一つかよ。

錠前は破れないものではない。ただ、破るのが面倒なだけだ。それを一つしか取りつけていないというのは、泥棒が入り込むわけはないという慢心ゆえか、あるいはそもそも泥棒というものを知らないか、そのどちらかだ。だが、錠前の穴に差し込んだ金鋸を動かしながら、きっとあの野郎はどっちもなんだろうなあ、と呟いた。そうしてしばらく金鋸を前後させていると、かちゃりと音を立てて錠前が外れた。

「楽勝だ」

そうして蔵の中に忍び込んだ。中の暗がりに目が慣れるのに時間がかかったものの、しばらく目を凝らすと中の様子が浮かび上がってきた。だが、そうやって中の様子がはっきりしてきたその時、次郎吉は思わず、あ、と声を上げた。

「何もねえ」

蔵の中には、金目のものは何もなかった。どこぞの商家から巻き上げたと思《おぼ》しき壺やら掛軸やらといった骨董品《がらくた》や、借金証文やら借用証といった紙屑が所狭しと並んで埃をかぶっていた。いや、この蔵の主にとって、これらのものに意味はあるし価値もあるのだろう。だが、骨董品や証文を金に換えることができない次郎吉にとっては、どれもがらくたでしかない。

ねえな。だが、蔵はここだけだった。ってェことァ……。さては枕元に金を抱えているってことか。

泥棒をそれなりの間やっていて、金持ちの金の置き場所には二つくらいの別があることを知っていた。一つは蔵に貯めておく奴ら。もう一つが、母屋の寝所近くの部屋に収めている場合だ。蔵なら誰にも見つからずに盗むことができるが、母屋に置かれている場合は露見する恐れがあるからあえて盗みに入らない。

だが、今回は違う。何が何でも盗まないと――。

その瞬間、次郎吉の耳に不吉な声が届いた。

最初、それはかすかなものだった。だが、しばらくすると、その声が次郎吉の中で明確な形を持って立ち昇ってきた。

ぎゃあ。

助けて。

俺が何をした。

男たちの悲鳴だ。

何があった。嫌な予感がして、次郎吉はその声に導かれるがままに屋敷を右に左に駆け抜けていった。庭石を飛び越えて縁側に駆け上がり、真っ暗な廊下を抜けて奥の部屋の戸を開いた。

その瞬間、次郎吉の真横の障子に、雨粒が当たったような音がした。見ると、真っ赤でぬくもりをもった液体が障子にこびりついていた。

「お、おい」

次郎吉が部屋の中に目を向けた瞬間、鼻腔《びこう》に血の臭いが飛び込んできた。むせ返るほどの臭いに顔を背けそうになるが、目の前の光景から目を離すことができなかった。

部屋の隅には舌を出した生首や真っ赤な手首が転がっている。部屋の奥では寝間着姿の鈴ヶ森親分が、涙目で尻餅をつきながら少しずつ後ろに下がっている。「命ばかりは、命ばかりは」と念仏のように繰り返すその姿は、あの鈴ヶ森親分とはとても信じられなかった。

そして、その鈴ヶ森親分の眼前には——。血刀を右手に持ち、両腕を広げるように立つ七兵衛の姿があり、その足元には首や手首をなくして息絶えた男たちが畳の上に転がっていた。

「し、七兵衛さん、あんた、何をした?」

のそりと七兵衛は次郎吉に向いた。ところどころ返り血を浴びた七兵衛は、最初ぼうと表情のない顔をしていたものの、やがていつものように口角を上げた。

「見たままだ。鈴ヶ森一家の若頭連中を殺した。そして、親分も殺す」

「なんでだよ、盗むだけでいいじゃ——」

「どうせ悪人だ。殺したって誰も困りはしない」

一歩一歩、大山が動くように踏みしめて歩く七兵衛。一方の鈴ヶ森親分はといえば、涙を流しながら尻で後ずさりする。しかし、やがて壁に逃げ道を塞がれてしまう。せいぜい六十がらみだった親分の顔は、絶望と恐怖のせいか、この一晩で二十は老いたように見えた。

「それに――」七兵衛は切っ先を鈴ヶ森親分に突き付ける。「お主、ただ盗むだけで、この野郎のことを退けられると思うか」

「え？」

「わからないか。お主が江戸にいるためには、この鈴ヶ森親分は障りになる。殺される前に殺すしかない。お主にとってはな」

「だ、だがよう。あんたが殺す理由はねえはずだ」

「理由？　簡単だ。そりゃあ――」

助けて助けて助けて……。

震える声で哀願を繰り返す鈴ヶ森親分の声がやんだ。七兵衛が乱暴に突き出した切っ先が、鈴ヶ森親分の喉笛を横一文字に裂いた。壁にもたれかかった親分は、やがてことりと音を立てて畳の上に崩れ落ちた。

「これほどの大きな盗みだ。これくらいやらねば後腐れがあるのでな」

な、なんて野郎だ……。

ここに転がっている死体は親分を含めて五体。五人を、金のために地獄の奥に蹴り落とした。まるで理解できない。盗むってェのが悪いことだというのはわかっちゃいるが、だからといって、それは誰かを取り返しのつかないところまで追い込みはしない。だが殺しは違う。殺したその瞬間に、人は人じゃない何かになっちまう。

と、そこに、亀蔵がやってきた。

正直、少しほっとした。亀蔵ならば、この図を見て一緒に顔をしかめてくれる。そんな気がしたからだ。

だが、そんな次郎吉の予測——願いは裏切られた。

「おおー凄いねえ、旦那方。こりゃあいいネタになるぜ」

今にも小躍りしそうな足取りで七兵衛の周りを飛び跳ねる亀蔵。足元に転がる死体をもちろん踏んづけている。

「おい」

「へえ?」

次郎吉の怒り混じりの声に、亀蔵は不思議な顔をした。あっし、何か悪いことしてますかね。そう言いたげだった。だが、その顔が次郎吉のさらなる怒りを誘う。

「てめえ、何を嬉しそうにしてやがるんだよ」

「はあ、何を言ってるんだね、旦那ァ。嬉しそうにしているんじゃねえんだ、嬉しいんだよ。これで明日の飯のタネができたってね」

「この野郎」

思わず次郎吉は亀蔵の襟を取って締め上げた。亀蔵の口から、あがが、という喘《あえ》ぎ声が上がる。

「人死にをネタにするたあ、てめえ、長生きしねえぞ」

すると、亀蔵の口から出ていた間抜けな喘ぎ声がやみ、代わりに、はっ、と鼻を一つだけ鳴らした。そして次郎吉の腕を摑み、放してくんな、と低い声で返した。

「わかっちゃいねえなあ。あっしは瓦版師だぜ？　瓦版師ってェのは、客さえ喜ぶんなら、嘘だろうがでっち上げだろうがなんだってする人間なんだぜ？　煙のないところに煙を立てて騒ぎ立てるってェのがあっしらの稼業だ。そう考えりゃあ、この血なまぐさい五人殺しはこの浮世の現実《まこと》なんだ。現実を書こうってェだけ殊勝な心がけと褒めてほしいところでェ」

亀蔵のその言葉は冗談には聞こえなかった。さりとて虚勢を張っているでもない。ただ、当たり前のことを当たり前に口にしている、という開き直りのようなものが仄見える。そしてそれゆえに、恐ろしい。

亀蔵は、次郎吉の腕を強く握った。

「離してくんな、旦那」

「……あ、ああ」

襟から手を離すと、亀蔵はまるで光に誘《おび》き寄せられた蛾《が》のように、血刀を肩に担ぐ七兵衛の周りを舞いはじめた。先ほどまで血煙が上がり、今も血と死の臭いが充満している部屋の中を。

どうなってやがるんだよ。こいつら。

次郎吉が打ちのめされているうちに、七兵衛があることに気づいた。

「次郎吉。お主の仕事だ」

「へ？」

見ると、部屋の奥の床の間に千両箱がいくつも重ねられていた。あの親分は母屋に金を貯めるクチだったのだろう。しかし、その千両箱は返り血に塗《まみ》れて真っ赤だった。

「これ、運ぶのか」

「ああ。三つくらい運べばいいだろう。二つは貰う。一つはくれてやる」

そういうことじゃないんだが……。次郎吉は血でべっとりと汚れている千両箱を見上げてはため息をついた。だが、七兵衛たちの視線には勝てず、結局千両箱を三つ、気張って持ち上げようとしたものの、さすがに三つは重い。知らんぷりを決め込んでいた亀蔵に一つ持たせ、次郎吉は二つ担いだ。

七兵衛たちと別れ、裏路地を歩く次郎吉は、右肩に担ぐ荷の重さにため息をついた。千両。とんでもない大金だ。これを抱えていれば死ぬまで貧乏から逃げきれる。働くこともなく、江戸にいる必要さえない。お里と二人、それどころかお里の母親のお冬を連れて田舎に引っ込むこともできる。

だが、その千両箱には血がべっとりとついている。

金に名前は書いてない。もしかしたらこの中の小判には、とんでもない極悪人が使ったものが混じっているのかもしれない。もしかしたら、善良な人間から奪われた金なのかもしれない。それを調べようがないからこそ、〝金に名前は書いてない〟のだ。だが、この金の出所を見てしまった。そうなると、手元に置いておくのが何やら怖くなってきたのも事実だった。

うーむ。

次郎吉は地面に千両箱を置いて、しばし腕を組んだ。だが、その蓋《ふた》を外して二十両ほどを摑み取ると、全身の力を込めて千両箱をひっくり返した。からんからん、という乾いた音が辺りに響いたかと思うと、黄金色のそれが地面に広がった。

ここは裏長屋の多い一帯だ。貧乏人たちがこれを見つければ、砂糖にむらがる蟻の如く、この小判も溶けてなくなっちまうだろう。

施しのつもりなんてない。ただ気持ちが悪いだけだ。自分の手元に汚い金があるということが。

皆が皆、汚くなっちまえ。そうすりゃあ、俺のこのもやもやした気持ちも消えちまうわな。

次郎吉は、山のようになっている小判から踵を返し、手元に残った二十両ほどの金を強く握りしめると、

「こいつでお里といい思いでもするかね」

と独りごちて、夜の闇の中に身を溶かした。

だが、そうは問屋が卸さなかった。

「おい主、知ってるか！　あの話」

「あの話ィ？　悪いな、俺ァ仙人じゃねえんだ。聞いてもいねえ話の内容なんてわから

ねえよ」

本当はそれどころではない。だが、店を開いている以上、客の相手はしなければならない。めざしを焼きながらそう生返事をしてやると、客は興奮気味に懐から瓦版を取り出した。

「これだよこれ」

その瓦版の末尾には、亀印が添えられていた。

「ああ」

生返事をする次郎吉など知ったことではなく、すっかり酔っぱらった職人風の客は鼻息を荒くした。

「それにしても地獄で仏だね。まさかあの鈴ヶ森親分が死んじまって、鈴ヶ森一家がなくなるたあねえ。しかも、鈴ヶ森一家がしこたま貯めていた金が盗まれて、それが長屋にばらまかれたっていうじゃねえか。世の中にァ仏様がいるんだなあ」

嘘八百並べやがって。次郎吉は心中で亀蔵に向かって舌打ちした。

客が持ってきた瓦版を、次郎吉は発売前に目にしている。あの亀蔵が先に見せてくれたからだ。その瓦版によれば――。

鈴ヶ森一家なる者どもあり。この者ども、弱きを虐げ金を巻き上げしこたま貯める。

義憤に燃えた泥棒二人これあり、鈴ヶ森一家に討ち入り悪を誅滅、盗んだ金を貧乏長屋に投げ込みしものなり……。

嘘ばっかりじゃねえか。そんな次郎吉の言葉に、亀蔵はうそぶきで返した。

『いいんだよ。ある程度の事実さえ押さえてれば。しっかし、旦那が千両箱を落としてくれたおかげでいい記事になったぜ。そのまんまじゃあヤクザ同士の喧嘩になっちまうところだったからねえ。しっかし旦那、あんたも暇だねえ。長屋に金を投げ込んで回るなんて』

は？　そんなことはしてない。ただ裏路地にぶちまけただけだ。

そう反論すると、亀蔵は小首をかしげながらも最後には納得顔で頷いた。

『いやね、金を拾ったっていう連中が口を揃えて〝金が家に投げ込まれてた〟って言うもんだから、旦那が投げ込んだもんだとばかり……。そうか、あいつら、てめえで金を拾ったんだってなると外聞が悪いんで、泥棒が金を投げ込んでくれたからいただいておく、ってえふうに作り話をしたわけかい』

なんじゃそりゃ。

すると亀蔵は、にたりと笑った。

『嘘ってェのは、人の弱さを隠すもんなのさ』

と、すこし前の物事を思い返していた次郎吉の前で、目の前の客が幸せそうなため息をついた。

「いやあ、それにしても胸がすっとしたよ。俺の家にァ金が投げ込まれなかったが、おかげであの鈴ヶ森一家もいなくなった。暮らしやすくなるぜ。どこの誰かは知らねえが、ありがてえなあ」

ふん。

客に聞こえないように鼻を鳴らした次郎吉は、焼き上がった魚を客に勧めた。その皿を受け取った客は、そういやあ、と声を上げて、昼間だというのにがらんとした店の中を見渡した。

「そういやあ、美人のおかみさんはどうしたんでェ？　あんたに不似合いの」

「あ、ああ……。ちょいと里帰りでね」

嘘をついた。だが、その嘘に納得したらしく、瓦版をしまった客は、安いめざしを安い酒で喉の奥に流し込みはじめた。

お里。

あの日、盗みに入って家に戻った時のことだ。部屋で寝ているはずのお里の姿がどこにもなかった。どうしたんだ？　お里はどこだ？　厠から井戸から襖《ふすま》の奥、床下まで捜したのに、お里の影はなかった。さりとて何の書置があるでもなかった。しかし、お里の持ち物はすべて消えていた。

どこに行ったんだよ、お里。

お里が行きそうなところは残らず駆けずり回った。しかし、どこに行ってもお里を見つけだすことはできなかった。

どれだけ捜しても見つからず、空蟬《うつせみ》のような心を抱えたまま、こうしてのんべんだらりと店を開いている。看板のおかみがいなくなった、大して酒肴が美味くもない居酒屋。その行く末など見えている。だが、次郎吉にはこうして店を開けていることしかできなかった。

そのうちお里は戻ってくる。その日のために、店だけは開けておかなくちゃならねえ。

がらんどうの店で、次郎吉は仏様でも彫るような手つきと心持ちで、ひたすらめざしを焼いていた。

# 第三話　コマは投げられた

「で」

七兵衛は、呆れた、と言わんばかりにため息をついた。そして、目の前の猪口をぐいとあおり、苦い顔を浮かべた。

「また泥棒稼業に戻ったというわけか」

「め、面目ねえ」

ちょこんと頭を下げる。だが、対面に座る七兵衛はさして驚いたふうも見せなかった。

「お主がそうたやすく堅気に戻れるとは思わなかったがな」

「うるせえよ」

苦笑はしたが、頷かざるをえなかった。

お里はまさしく看板そのものだった。お里目当てで来る客が売り上げを支えていた。一日に客が三人なんていう日もざらになり、仕入れた魚を腐らせる日々が幾日も続いた。

それでもお里が帰る日を信じてずっと店を一人で切り盛りしていた。それこそ、借金に手を出してでも。だが、いつまで経《た》ってもお里が帰ってくることはなく、代わりに借金返済の矢のような催促ばかりがくるようになった。最後には火だるまになって坂から転げ落ちるか、あるいは――という別れ道に立たされるところまで行った。とうとう店を支えきれないという瀬戸際まで来て、ようやく店を潰して土地屋敷を売り払い、借金返済に充てた。

そうして何もかもなくした次郎吉の手には、泥棒の業前しか持ち合わせがなかったのだった。

「まあ、お主が堅気でやれるはずもなかったのだがな」

「なんだって？」

「お主は所詮悪党よ。だからこそわしはお主とつるんでいる。いい加減理解するのだな、自分が悪党だと」

「はっ」次郎吉は声を上げる。「大悪党に言われたかねえな」

「違いない」

七兵衛は皮肉げに口角を上げた。

この七兵衛、表では仁医だなんだともて囃されているが、その実はとんでもない悪党だ。盗みのためには火付けに殺し、なんでもござれ。悪逆非道の行ないに痛痒《つうよう》すら感じない。そんな野郎だ。

だが、そんな七兵衛も別の意味で顔をしかめた。

「だが、今戻るのはあまり得策とは言えないな。ここのところ目明しどもも目を光らせているし、事実、有名な泥棒も捕まりはじめている」

噂は耳にしている。しかし、捕まる気がしない、というのが次郎吉の本音だった。

「大丈夫だって、捕まりやしねえよ」

「大した自信だ。だが、いよいよ堅気には戻れんな」

「そもそも、もう戻れねえよ」

ぴしゃりと次郎吉は言い放った。

江戸の雇われ者を取り巻く状況は前とあまり変わっていない。いや、それどころかもっと冷え込んでいるかもしれない。飢饉のせいで村の食いはぐれた連中が江戸に押しかけてくる。そういう連中が江戸に根を張ろうと口入れ屋に押しかける。すると、口入れ屋が紹介できる仕事は少なくなる。悪徳な口入れ屋など、雇われ者の足元を見て低い賃金で買い叩くなどよく聞く話だ。そのせいで、働いているのに飢えている者さえいるらしい。

そんな中にあって、入墨者の次郎吉にまっとうな仕事など見つかるはずもなく。

それに、今の〝仕事〟はおいしいともいえた。

武家屋敷に忍び込んで、少ない時は五両程度、多くても三十両程度を盗む。それこそ千両箱を盗んだりするような〝同業者〟がいる中、次郎吉のこの仕事ぶりは慎ましやかともいえる。しかし、五両という金だって貧乏人にとっては充分すぎる金だ。

「こんなおいしい仕事、やめられるかってんだ」

「はは、随分と目の色が曇ってきたな」

「もう堅気に戻れねえや」

力なく笑うと、七兵衛は諦めたようにかぶりを振って話の方向を変えた。

「そういえば、奴はどうした。まだ来ないのか」

「ああ？　そういやそうだねえ。もうそろそろ来てもいい頃なんじゃねえかな、たァ思うんだけれども……？」

噂をすれば影。

がらりと表の戸が開いた。

「どうかしてるねえお奉行所は。あっしや旦那方みたいな悪党を野放しにして、しかもこうやって酒を飲めるようなご身分にしているんだからな」

現れたのは皮肉げに顔を歪める亀蔵だった。

炭のようなめざしを焼くのに腐心している居酒屋の主に金を投げやって銚子二本とめざしを頼んだ亀蔵は、にたにたと笑いながら次郎吉たちの輪に入り、それぞれの猪口に酒を注いだ。そして最後に自分の猪口に手酌すると、ぐいと飲み干した。

「かー、不味いねえ」

「不味いねえではないだろう」亀蔵の言葉に茶々を入れたのは七兵衛だった。「まずは待たせたことを謝るのが先だろう」

「いやあ、すみませんねえ」

棒読みで返されるのはいっそ腹が立つものだ。七兵衛はむすっとしてそっぽを向いてしまった。

鈴ヶ森親分の一件以来、亀蔵とつるんでいる。とはいっても、あくまで亀蔵は傍観者としての立ち位置を崩さない。

とにかく、そっぽを向いていた七兵衛はその目を亀蔵に戻した。

「それにしても、最近お前は景気がいいみたいだな」

「へえ?」

「しらばっくれるな」七兵衛は目を光らせる。「次郎吉のことを書いて濡れ手に粟だろう」

　え？　次郎吉は声を上げた。

「おい、俺に無断で何か書いてやがるのか！」

「いや旦那、旦那に話しただろうが。弱きを助け強きをくじく泥棒の話だよ」

　亀蔵が言うには――。鈴ヶ森一家壊滅の件をネタにしたところ、びっくりするくらいの反響があった。亀印の瓦版はまさしく飛ぶように売れ、瓦版としては異例ながら、モグリ版すら出回ったという。そのおかげもあって今や亀印の瓦版は江戸っ子御用達だそうだ。

「てめえ、少しは好況のお裾分けしやがれ」

「いや、だから酒の一つでもおごろうって言ってるんでェ」

　ふん、と鼻を鳴らした七兵衛は切り出した。

「で？　どういうことだ。〝旦那方にしたら耳寄りな話があるから酒の席を設けてほしい〟というのは」

　今日の飲みを言い出したのは亀蔵だった。

　旦那、今度一献傾けましょうぜ。賭場でそう声をかけてくるのはいつものことだが、それに続けて、今七兵衛が口にしたようなことを付け加えたのだ。

何だろう？

次郎吉も興味がないわけではない。目で亀蔵を促した。すると亀蔵は顎を撫でながら口を開いた。

「まあ、大きく分けると二つほどお伝えしたいことがあるんでさァ。んで、旦那方に関わり合いがあることなんで、ちょっと耳の穴をかっぽじって聞いてもらいたいんだけれども」

「ああ」

「まず一つ。どうもご公儀のお偉方の中で旦那たちの〝仕事〟が話題になりはじめているみたいですぜ。中間《ちゅうげん》どもがそんな噂を聞いているみてえで」

「ふーん」

鼻を鳴らすほどの内容でしかない。そもそも、旗本屋敷や大名屋敷などの武家屋敷を専門に盗みに入っているのだ。数十両足りないとなれば怪しむ者がいて当然だろう。むしろこれまで話題にならなかったことのほうが不思議でしょうがない。

「あのですね、これァ異例のことですぜ？　お武家さんにとっちゃ、てめえの家からものが盗まれたってェなら普通は隠すもんだ」

「ああ、そうだな。武家にとって家は城も同然。その城に盗みに入られてしまったとなれば、面目が立たないだろうな」

そもそもお武家がそんな体《てい》たらくだからこそ武家屋敷を狙うのが楽なのだがな、と七兵衛は付け加えた。

「その通り。でも、そのお武家さん方が己の恥や外聞をかなぐり捨てて、旦那たちのことを噂しはじめた……ってことは」

「うむ、これからは武家屋敷の〝仕事〟が難しくなるということ、か」

「いや、そうでもないんだな。お武家さんにはお武家さんの都合があって、あんまり家の警備を厚くすることはできねえらしいから、今まで通りの仕事にはなるんじゃねえかな」

次郎吉はがくりと肩を落とした。

「これまで通りじゃあ、何にも困ったことはねえだろう」

「ああ、この話だけなら、な」

くいっと猪口をあおった亀蔵は、めざしを手に取って目の前で振り回す。

「実は、もう一つあるんでえ」

「もう一つ？」

「——どうやら、旦那の首に褒賞がついたみたいだ」

「褒賞？」

七兵衛は首をかしげた。

「あくまで、こりゃあ表沙汰にできねえことらしいけどね。さすがに幕閣がことの深刻さに気づいたらしくてね。各大名家とか旗本に訓示を垂れたらしいんでさ。中には中間どもにも『もし賊を捕まえたなら褒賞を与える』なんて言っちまったそっかしい殿様もあったみたいだから、今、中間どもは水面下でざわざわ騒いでますぜ」

武家に出入りする奉公人である中間はその内実を知っている。おそらく亀蔵は中間たちとも繫がりがあって、その噂話が逐一耳に入るようになっているのだろう。

もしこれが本当だとしたなら――。

「なるほど、中間どもが厄介だな」

七兵衛は吐き捨てた。

昨今の武家など取るに足らない。奴らはこの泰平の世の中を家猫よろしくずっと寝て過ごしているような連中だ。しかし中間どもは違う。他家の中間と男伊達《おとこだて》を競って、殿様を乗せた駕籠《かご》で競走までやってしまうような連中だ。今や奴らのほうが武家の風格を宿しているとすら言えるかもしれない。そんな血の気の多い連中からすれば、褒賞が貰える捕り物など、まさしく格好の暇潰しだろう。

次郎吉は顎に手をやった。

「そうか、褒賞を出すと約束した大名家に仕えている中間に引き渡して、殿様から金を取ろうと考える奴もいるだろうなあ。ってなりゃ、江戸中の中間が牙《きば》を剝いて待ってるってことになる」

昔は代々仕える譜代《ふだい》なんてのもいたらしいが、今や中間は年季奉公だ。いろんな御家を渡り歩くうち、中間はほかの家中の中間と知己になる。となれば、知り合いのつてを頼ってそういうことに手を染める悪どい奴もきっといる。

ふと、脳裏に、武家屋敷の奥で手ぐすね引いて待つ中間たちの姿が頭をかすめ、ちょっと身震いした。

「どうしようかね」

七兵衛に話を振った。すると七兵衛は、猪口を畳の上に置いて腕を組んだ。

「どうしようもこうしようもあるまい。しばらくほとぼりが冷めるまで、何もせぬがよいのではないかな」

「っていっても、仕事できねえんじゃ飢えちまうよ」

「お主、あれだけ稼いでいるのに金はどこに行った⁉」

「ああん？　博打に酒に女。その三つに消えてるよ」

七兵衛はこめかみのあたりを指で揉《も》んだ。馬鹿者が……と言いたげに。

しかし、七兵衛の出した答えは明瞭《めいりょう》だった。

「ならば、飢えるか仕事をするか、二つに一つだな」

ならば。次郎吉の肚は既に決まっている。

「仕事するに決まってるじゃねえか」

死ぬなんざまっぴらだ。生きてなんぼ、それが男次郎吉唯一の人生訓だ。

「まあ、そう言うとは思ってたけどよぅ」

亀蔵はかぶりを振った。しかし、急に真面目な顔をして次郎吉に向いた。

「気をつけてくれよ。旦那が捕まって余計なことを喋《しゃべ》ったりすると、あっしにも詮議が入りかねねえんだからさ。あっしら一蓮托生。そういうこっだからよろしく」

なるほど。それが気がかりだったってことかい。

と、なんとなく寂しくなった時、ちょっとだけ気恥ずかしくなった。腹立ちまぎれに亀蔵の肩を小突くと立ち上がった。

「おや、次郎吉の旦那、どこへ行くんでェ？　厠かい」

いやいや。次郎吉は首を横に振った。

「悪いなァ、今日はちょいと女のところにな」

「へえ、次郎吉の旦那も隅に置けねえなァ」

「これ以上は言うねェ」

言いすぎた、とようやく悟ったのか、亀蔵は口をつぐんだ。そして、その横でちびちびと酒を飲んでいる七兵衛は、一瞬だけこちらに視線をくれたものの、また下を向いてしまった。見て見ぬふりをしているかのようだった。

「――んじゃまあ、あとは二人でのんびりやってくれや」

時折疑問に思うことがある。七兵衛はどこまで俺の置かれた状況を知っているのだろう、と。あれは闇の人間だ。次郎吉の身辺を洗うくらい造作もないだろう。ということは、すべて知っているということなのだろうか。

まあ、いい。

次郎吉は居酒屋ののれんをくぐって外に出た。往来の絶えた辻には夜の気配が忍び寄っていた。

吉原のこんもりとした柔らかい光が次郎吉を迎えた。

いつも通り見返り柳を見上げて、人でごった返す五十間坂を抜けると大門が見えてくる。粋《いき》な男たちに混じると、自分まで錦をまとっているような気にさえなる。世間では不景気だあ飢饉だあ食うや食わずだあと言われているが、ここだけは今も昔も変わらない。昔の通に言わせれば、この町の活気は随分薄れてしまったらしいが、それでもこの街の放つ香りは未だに次郎吉の心を捉えてやまない。そんなかぐわしい空気にあてられながらしばらく歩いていると、ようやく目的の場所までやってきた。

吉原には掃いて捨てるほどある、くたびれた置屋。この見世にはお里がいる。

お里、お里……！

格子《こうし》の向こうで顔をしかめる遊女のことなど知ったことではなかった。格子に張り付いてお里の姿を探す。売られたのが二十三という結構な年齢だったこともあって、格式の高い遊女にはなれなかった。場末の見世の下級遊女。それがお里に与えられた席だった。しかし、格子のどこを捜してもお里の姿はなかった。

どうしたのだろう。

お里を見かける機会が減った。前など日がな一日ずっと格子部屋にいたこともあるというのに、三か月ほど前からぽつぽつと座敷に呼ばれることが増えた。そして最近ではほぼ毎日出ずっぱりだ。

なんでえ、今日もいねえのか。

肩を落として格子から離れた。

いつか、俺が救い出してやるからな。そう覚悟を新たにして。

突然お里がいなくなって二年の月日が流れた。店もなくした次郎吉はさながら空蟬のようだった。空っぽの腹を抱えたままあっちへうろうろこっちへうろうろしながら一日を過ごし、懐が寂しくなれば盗みに入り、空虚な肚の内をごまかすために目玉が飛び出るような額で丁半張って回っていた。そんな空っぽ極まりない日々の中、次郎吉はお里に出会った。

それは、何の気なしに吉原を歩いている時だった。格式の高い表通りから奥に入ることしばらく、場末の置屋の格子の向こうに、次郎吉は左目の下に泣きぼくろのある女を見つけた。

お里……！

格子の中にいるかつての妻は、虚《うつ》ろな目をして口に煙管《キセル》の吸い口をつける遊女になっていた。

矢も盾もたまらず金を掻き集めて揚げた。そして、お里を問い詰めた。いったいおめえは何をしているのだと。

すると、虚ろな顔をしていた遊女の仮面が剝がれて、あの日のままのお里が泣きじゃくりながら次郎吉の胸に飛び込んできた。

堪忍してください、堪忍してください……。

ひたすら謝るばかりだったお里をなだめるうち、ようやく身に降りかかった出来事を語りはじめた。

鈴ヶ森親分のせいで店が傾きはじめた時、お里は外で借財を重ねていた。傾きかけた店を支えるため、いろんなところに頭を下げて得たお金でなんとか切り盛りしていたのだが、その借金証文が質《たち》の悪い連中に回されてしまった。そしてあの日の夜……。借金の返済を迫ってきた借金取りどもに半ばかどわかされる形で、お里は苦界に落とされたのだという。

なんてこった。次郎吉は生まれて初めて謝った。すまねえ、俺のせいだ。涙を流してお里に頭を下げた。

次郎吉が堅気に戻らないのは、お里を苦界から救い出すためだ。一度苦界に落ちた女を身請《みう》けするには金がかかる。普通にこつこつ貯めていたんじゃあいつまで経っても払うことのできないほどの金が――。そのために、次郎吉は盗みに手を染めている。

とはいっても、本当なら十回も泥棒に入れば手に入る程度の金を積めば、お里は苦界から解放されるのだ。だが、それをしないのは、ただ単に次郎吉の性向ゆえだ。まとまった金を手に入れると、とりあえず酒を飲みたくなる。そうして居酒屋に行くと、ついつい銚子に口をつけて一気に飲み干してしまう。だんだん気持ちよくなってくると、店の親爺に酒をじゃんじゃん持ってこさせるようになる。さらに酔いが回ると、たまたま居合わせた客たちに酒を振る舞いたくなる。その客たちに囃されてさらに酒をおごりまくる羽目になる。やがて気分が大きくなったところで居酒屋を後にして賭場に入ると、どーんと札を賭けたくなる。そして酔いが醒《さ》めた頃には素寒貧《すかんぴん》になって、早朝の江戸の町を彷徨《さまよ》う羽目になる。

しかし、次郎吉に反省の色はない。また泥棒にでも入って金を稼げばいい。そんなつもりでいる。

今度こそ、盗みまくって金を稼ぐ。そう気持ちを新たにしていると——。

肩を叩かれた。

「あん?」

振り返ると、そこには見慣れた顔が立っていた。年の頃は七十ほどだろうか。武家髷で髪に白いものが混じるその小さな体軀の老人は、いかにもお大尽といった風情だ。

しかし、見慣れてはいてもどこで出会ったものか、とんと思い出せない。こんなお旗本のご隠居みたいな人と知り合いだったかと。

すると、その老人はかかと笑った。

「覚えがない、という顔だな。ほれ、賭場で会っておるだろう、いつも」

「あ」

思い出した。そういえば、行きつけの賭場に毎日のように顔を出している武家髷の老人だ。いつも顔を合わせて会釈をするくらいの関係だっただけに、にわかには思い出せなかった。

すまねえ、と頭を下げると、老人は鷹揚に首を横に振った。

「いやいや、ああいう場所での付き合いだからな。覚えておらんで当然よ」

老人は曰くありげに顎に手をやりつつ格子の奥に目をやった。すると、遊女たちが途端に色めき立って煙管の吸い口を格子から差し出してきた。しかし、老人はそのことごとくを袖にしながら次郎吉の肩を叩いた。

「女に色目を使われても、もうぴくりともせんわな。お主たちのような若造には敵わんよ」

自分の言ったことに吹き出した老人。呆れ半分に次郎吉は声をかけた。

「あんた、とんだ不良武家だね」

「ほう?」

「だってそうだろ。お武家さんが夜中に出歩いてていいのかよ」

夜は町人の時間だ。武家の慣習上、夜の出歩きは褒められたものではないとされている。したがって、ここ吉原といえども、夜に武家が出歩くことはない。もし出歩く向きがあっても、少なくとも髷を隠すはずだ。

するど、老人はまた、かかと笑った。

「鉄火場に出入りする人間に今更何を言うか。それに、わしは隠居の身。わずらいなど何もありはしないわ」

「そういやそうか」

つられて次郎吉も笑ってしまった。なんとなくこの爺さんには愛嬌めいたもんがあるな、そう思いながら、次郎吉は軽い気持ちで訊く。

「なあ、お武家さんはなんで夜の町に出てるんだい？　何か探し物かい」

その瞬間だった。老人の目が昏《くら》く光った。

「ああ。ちょいと鼠をな」

「鼠ぃ？　そんなもん、いくらでも家にいるだろうに。俺たち貧乏人の家には絶えて久しいがね」

「馬鹿言え、お主たち町方が貧乏しているのなら、武家などもっと貧乏しておるわ。

――しかし、そんな武家の蔵に忍び込む不届きな鼠がおるものでな」

「へえ……？」

さすがに察しの悪い次郎吉でも、その老人の言葉が字句通りのものではないことを察していた。しかし、次郎吉はあえて知らんぷりをした。

「でもよお、お武家さん、こんなところに鼠はいないんじゃないのかい。探すんなら米蔵だろう」

「いやな、その鼠は米蔵ではなく金蔵が好きでな。ちょろちょろと小金をせしめていく、なんとも可愛らしい鼠なのだよ」

「可愛らしい？　なら放っておけばいいじゃねえか」

「ほう、お主、やけに鼠の肩を持つな」

冷や汗をかいている本心を隠しながら、はっ、と次郎吉は笑った。

「ほれ、俺も鼠みたいなもんでね。その鼠のほうに肩入れしちまいたくなるんだよ」

ぷ、と老人は吹き出した。

「まあ、実を言えばわしもそうだ。しかし、そうも言ってられん事態になってな。――その鼠が武家から持ち出すのはあくまで少額。されど、町方の者や浪人が手にすれば大金よ。しかも調べによれば、その鼠は月に二度ほど金蔵に入っているらしい。となれば、悪所《あくしょ》で金をばらまいているに違いないと思ってな。こうして調べて回っておる」

「へえ、でも、この町は広いぜ？」

見つかるのかよ、という謂だった。だが、老人は頷いた。

「ああ、見つかる。何せ、この街は随分前からしぼんでおるからな」

老人が目を細めながら言う。それはまるで在りし日の吉原を懐かしんでいるようであった。

この町はかつて官許唯一の遊女街だった。しかし、許可を得ていない岡場所や近隣の宿場町に置かれた飯盛宿といった遊女街が盛況なのに反して、格式と気位が高いばっかりの吉原は嫌われつつある。さらには昨今の不景気のあおりを受け、この町を支えていた大商人たちの足すらも遠のいている……。

「もしあの鼠が吉原で遊んでいたのなら、吉原中でも大層噂になっているだろうよ。近年稀《まれ》に見る御大尽とな」

「そうかい」

心中でほっと胸を撫で下ろす。次郎吉はほとんど吉原には金を落としていない。月に一度程度、お里に逢うために顔を出す程度だ。もっとも、最近ではどうしたわけか見世側から『うちの女に懸想するのはやめてくださいませんか』と締め出しを喰らっている。

無駄な努力お疲れさん。心中でそう呟いていると、ふいに老人は次郎吉の顔を覗き込んだ。

「そういえば、お主、賭場では随分とかぶいた金の使い方をしておるな」

「あん？」

「それこそ一両近い札を賭けて丁だの半だのと言っておるではないか。なんとも豪奢《ごうしゃ》なことよと思ってな」

背中に汗が流れる。この老人は探りに入っている。

だが、小悪党暮らしが長い次郎吉にとっては、こんなはったり、なんということもない。こともなげに笑ってみせた。

「おうよ。俺も悪党なもんでね。その鼠よかァ悪党のつもりだぜ」

「なるほど。確かにそうかもしれぬな」

老人はかぶりを振ってつられて笑った。

と、老人はちょこんと頭を下げた。

「では、わしはこれにて。ちょいと行かねばならぬところがあるゆえな」

「そうかい」

「ああ、ではな」

そうして踵を返そうとする老人のことを次郎吉は呼び止めた。

「そうだ、お武家さん、名前くらい教えてくれよ」

老人は、これはしたり、とばかりに顔をしかめた。

「そうであったな。されど、本当の名前を名乗るわけにはいかぬゆえ、通り名を名乗っておこう。静平、と名乗っておる」

「しずかひら、ねえ」

「ああ、よき名前であろう。静かで平らで、静平だ。覚えておいてくれ」

遊女の源氏名みてえだな、とはさすがに口にしなかった。一方、静平はにやりと笑いながら手を振り、吉原の雑踏の中にその姿を溶かしていった。

人々の往来の波間に消えた老人の面影を思い出しながら、次郎吉は手を握った。

「静平、ねえ」

その名前に何か不吉なものを感じないではなかった次郎吉は、踵を返して家路を急いだ。


「静平……？」

鑿《のみ》やばれん、墨などが乱雑に置かれた部屋の中、木の板に鑿を振るいながら話を聞いていた亀蔵は小首をかしげた。

「聞いたことねえなあ。いったい何者だろうな」

「呑気に話を聞いている場合か」

「いや、って言われても、まったく聞いたことねえ名前だからなあ」

鑿を振るう手を止め、亀蔵は腕でぐいと顔の汗を拭いた。そんな亀蔵の目の前には、彫りかかった瓦版があった。逆さ文字になっていてよくは読めなかったが、一度何かの科《とが》で転落した男が地道に努力し、やがて商家の旦那として大成功を得たという筋の話だった。瓦版の紙面を飾るにはお似合いの、お涙ちょうだいで薄っぺらな与太話だ。

「おめえも知らねえのか」

「静平、だっけか？　そのお武家さんが何だってんだ」

「俺のことを嗅ぎ回ってるみたいなんだよ」

次郎吉はさきの吉原での話を亀蔵に披露した。

その話の間じゅう、亀蔵は何度も頷いた。話が終わると顎に手をやって間延びした声を上げた。

「まあ、気にするような話でもない気がするがねえ。前も話した通り、どこのお武家も旦那の首を狙ってるんだ。中には自ら旦那を捕まえたいと思っている手合いもいるんじゃねえかな」

なるほどね。次郎吉は何度も頷いた。

「まあ、でもなんだ。静平さんだっけか。そのお武家さんについては調べてみる。きっと尻尾《しっぽ》は摑めるだろ」

「ああ、頼む」

頭を下げた。と、亀蔵はぽんと手を叩いた。

「そうだった、すっかり忘れてたぜ。旦那に伝えなくちゃならねえことがあったんだった」

「伝えたいこと？　なんだよ」

「いやね、中間連中から聞いたんだけど、旦那の通り名が決まったみたいなんだよ」

「通り名、だあ？　名乗った覚えはねえけどな」

どうやら、ご公儀の通達があってから、中間どもやお武家同士でも次郎吉の話をする機会が増えたらしい。その会話の中では当然、〝例の賊〟とか、〝あの泥棒〟のような表現を使っていたようだが、それでは据わりが悪い。そうして、やがて半ば自然に一つの名前が登場したのだという。

「曰く、鼠小僧、だと」

「鼠小僧……」

静平の顔が脳裏をよぎる。

亀蔵は続ける。

「ああ、旦那の盗み方って慎ましいだろ？　それが、米粒を盗む鼠を思わせるんだろうなあ」

「なるほどな」

頷いてはみせたが納得できるものでもない。

と、亀蔵は突然次郎吉の両肩を摑んだ。そして、まっすぐな目をこちらに向けて言い募ったのは、どこかで聞いた言葉だった。

「なあ旦那、しばらくほとぼりを冷ましたらどうだい」

「は？」

「人間ってェもんに完璧《かんぺき》なんてねえんだ。仕事の最中に突然腹を壊して捕まっちまうなんてこともあるかもしれねえ。仕事中に卒中を起こして進退窮まったまま捕まるなんてェこともありうるじゃねえか。それに、さっきも言ったけど、あえてお武家さんの暇潰しに付き合う必要はねえだろう。しばらく江戸を離れたほうがいい」

名前が決まったってことは、それだけ話題にもしやすいってことだ。話題にしやすいとなれば、そのうちこの名前は武家連中だけに囁かれる名前ではなくなる。そうなっちまったら、もう今まで通りの盗みなんてできなくなる。そんなことを亀蔵は言った。

ははは。

ふざけんなよ。声に出さず口だけで亀蔵に示した。しかし、亀蔵は何度も首を横に振るばかりだった。そんな亀蔵の手を振り払いながら、次郎吉は口を開いた。

「江戸から離れられねえ理由《わけ》があるんだよ。だから俺ァここにいる。んで、真っ当に働いてたんじゃあ、やりてえことが一つもできねえ。だから俺ァ盗みに入るんだよ」

「だったら、悪いことは言わねえから、やりたいことを手早く済ましちまえ。あんたがやりたいことはわかってる。女一人を苦界から出してえだけだろう？　なら、数回の仕事で充分だ」

「なんで知ってるんだよ」

「調べたからな」

こいつには勝てねえや。だが――。

そうだ。じゃあ次の仕事で最後にしよう。

最後の仕事でパッと稼いで、そこで足を洗う。んで、金のほとんどをお里の身請けに充てればいい。

そうしよう。何が何でも。

次郎吉は手をぐっと握りしめた。

「いつもすまないねえ、次郎吉さん」

ごほごほと空咳を繰り返して万年床に身を横たえるお冬は、お里に似た面影を少し歪めながらも、まるで仏様を拝むようにして次郎吉に手を合わせた。

「いや、いいってことよお冬さん。俺にとっちゃ義理のおっ母さんじゃねえか」

「本当にあんたには迷惑をかけているよ、薬だって高いだろうにねえ」

「いや、構わねえよ」

というか、このお冬に死んでもらっては困るのだ。

お里を身請けするためには、親が身代金を払う親請けが一番安く済む。だからこそ、これまで次郎吉はお冬に高い薬を買い与え、さらには衣食住の面倒まで見ているのだ。

「ほれ、お冬さん、今回の金だよ」

次郎吉は懐から包みを取り出してお冬の枕元に置いた。すると、いよいよお冬は髪を振り乱しながら、おお、おお、と仏様が目の前に現れたかのように手を合わせた。

「本当にすまないねえ。おかげで何とか生きていけるよ」

何とかでは困るのだが……。

次郎吉は少し声をひそめた。

「なあ、お冬さんよ。そういえば、身請け代は貯まってるかい」

「身請け代……？　そうだねえ。今、十両くらいかねえ」

十両。親請けにかかるのはざっと五十両というところだ。まだ四十両足りない。

次郎吉は自分の浪費癖のために金を貯めることができない。そこで考えたのが、お冬を銭箱にしようという案だ。話は簡単だ。〝仕事〟が終わるたびに、その仕事の数割を生活費と称してお冬に渡す。そしてそのうちの数割を貯めておくよう頼んでおくのだ。多少ボケていてとんでもないお人よしとはいっても、俺よか金勘定が上手いだろう、そんな計算もあった。

だが、一年かけても十両しか貯まってねえのはいくらなんでもおかしくねえか？　と声を荒らげたい気分に襲われたものの、一時の怒りに任せてお冬の心証を悪くしては元も子もない。そもそも次郎吉の手元には一両だって残っていないのだ。お冬の手元に残っているだけでもありがたいとしなければならない。

ってことは、だ。最後の仕事で四十両は盗み出さなきゃならねえってこったな。いや、日々を面白おかしく暮らすためにはその倍は欲しいところだ……と頭の中で算盤をはじいていると、ふいにお冬の目から涙がこぼれた。年寄りとはいえ女の涙には弱い。どうしたらいいのかおろおろしていると、お冬は顔をくしゃくしゃにしながら首を振った。

「あたしは本当に駄目な母親だねえ。娘を苦界にやっちまうわ、次郎吉さんにこうして苦労をかけるわ……」

「お冬さんのせいじゃねえよ。そうだな、これァ——浮世のせいさ」

それは、自身に対する言葉のようですらあった。今次郎吉が泥棒稼業をしているのは、俺が悪いわけじゃあない、俺に働く場をくれもしねえこの浮世が悪い、働く場ができても軒並み潰していく浮世が悪い。何もかも浮世が悪いことにすれば、少なくとも自分は悪くないと胸を張ることができる。

まあ、いい。

何度もかぶりを振って立ち上がった次郎吉は、起き上がろうとするお冬をなだめた。

「いいよ起き上がらなくても。そんなことより、早く体を治してくんな」

「本当にすまないねえ」

そんなお冬を置いて、次郎吉は戸をくぐった。

それにしても。次郎吉はお冬の姿を思い出しながら顎に手をやった。

ずいぶんと、首周りが細くなったなァ。

十日に一遍程度顔を合わせているからその違いにはずっと気づかずにいた。しかし、それでも違いがわかるということは、お冬の痩せ方が尋常ではないということだろう。

もしかすると、もうあまり時間はないのかもしれない。

「やるしかねえ、ってことかよ」

ちっ。舌打ちを一つしながらその辺に転がっている真新しい桶《おけ》を蹴り飛ばす。

すると――。

「ここで何をしている、次郎吉」

背中が冷えた。思わず振り返ると、そこには――。

「親父」

白木の井戸の釣瓶の近くに定吉が立っていた。十日に一遍程度ここには来ているが、あえて定吉には会わないようにしてきた。もっとも、定吉は仕事が忙しいようで、注意なんざしなくても鉢合わすことはほとんどなかった。

それにしても、この父親も随分と老いた。皺は一段と深くなっているし、かつては広かった肩もずいぶんしぼんでいる。髷にも白いものが混じりはじめ、目も少し虚ろになっている気がする。

そして、その後ろには、まるで恐ろしいものを見るような目でこちらを見やってくる長屋の男衆《おとこし》が続いている。いくら勘当息子だからって、そんなによそよそしい面しなくてもいいじゃねえか。そう叫びたい気分に襲われたものの、あえて口をつぐんだ。

定吉が肩をいからせた。

「何をしている、と訊いているんだ」

「あんたにゃ関係ねえよ」

「――お冬さんのところに行っていたんだろう。違うか」

「だったら、なんだってんだ」

「……お冬さんは、お前の手など借りなくとも俺たち長屋のもんで面倒を見る。お前の出る幕はない。もうここには来るな」

その言いっぷりに腹が立った。これまでばばあに高い薬を買ってきてるのは誰だと思ってるんだ。奴を支えているのは誰だと思ってやがるんだ。

その怒りはすぐに次郎吉を支配した。その怒りの炎に巻かれたまま、拳骨を握って目の前の定吉めがけて思いっきり伸ばした。

ふざけんな！

てめえに何がわかるんだ！

そんな絶叫にならない絶叫を秘めた拳は、定吉の頬に思い切りめり込んだ。しかし、すすきよりも手応えが残らないうちに、定吉は吹っ飛び、桶が積み重ねられている棚の前で尻餅をついた。定吉の頭めがけて桶がいくつも落ちてきた。

え……？

次郎吉は困惑していた。

親父、こんなに弱くなっちまってたのかよ。

次郎吉にとって定吉は、途轍《とてつ》もなく強い存在だった。大人になってもなお腕相撲で勝ったこともなければ喧嘩で地面を舐めさせたこともない。いくら殴りつけてもまったく響かない巨人。それが父親の定吉だった。だが、今目の前にいるのは、そんな定吉とは別人のように弱かった。

おいおい、嘘だろう。おろおろしているうちに、長屋のほかの連中が青い顔をして現れはじめた。誰もがひそひそと耳打ちしながらこちらに恐れの目を向けてくる。どいつもこいつも穴の開いていない綺麗な召し物で、顔の血色もいい。この前まで病気していたとっつぁんももう、野次馬ができるくらいに体力が戻ったらしい。

「見世物じゃねえんだよ！」

怒鳴りつけると、長屋の者どもは一斉に顔を背けた。その顔に怯え以外のよそよそしさが混じっているのは、次郎吉の気のせいだろうか。

ふざけんなよ。

次郎吉は未だ地面に崩れ落ちたままぴくりともしない定吉に言い放つ。

「寝てるふりなんかしてるんじゃねえよ。――あんたが何を言おうが、これからもずっとお冬さんのところに顔を出すからな。邪魔するんじゃねえぞ、糞が」

そうして、逃げるように長屋を後にした。しかし、なんで俺が逃げなくちゃならないんだろう、という問いに対して、次郎吉は答えを用意できなかった。

次郎吉は空を見上げた。いつの間にか綺麗に葺《ふ》き替えられている屋根の庇で切り取られた空は、嫌になるくらい青かった。


「で、ここにいるわけか」

紙包みに薬を移しながら、七兵衛はため息をついた。

「ああ。たぶんこの一月にやる仕事が最後になる。だから、ちょいとお知恵をお借りしたいんでさ」

次郎吉は頭を下げた。

七兵衛の長屋は静かだった。いつもなら細工師の音やら子供の声やらがうるさい一角で、午後ともなれば仕事を早くに切り上げた男どもの濁声《だみごえ》も聞こえてくる頃合だというのに、まるで音が聞こえてこない。七兵衛による生薬を碾《ひ》く音や、紙包みに薬を移したりといった普段は紛れてしまう音ばかりが次郎吉の耳に届く。そして、普段は意識しない、自分の鼓動さえも聞こえはじめている。

七兵衛は薬を扱う手を止めた。

「なるほど、最後の仕事、か」

苦々しい顔を浮かべていた七兵衛だったが、次郎吉に顔を向けた。

「で、最後の一月でどれほど稼ぎたいのだ」

「しめて八十両」

「八十両……か。今までのお前の盗み方とはやり方が変わるな」

今までの盗み方。武家屋敷から少額を盗む。これならばよほどのことがない限り目をつけられることはない。しかし、今は状況が変わっている。少額とて、武家屋敷から物を盗むのは難しくなりつつある。

「どうするのがいいと思う」

「そうだな……。本当なら、商家を狙うのがいいのだろうな。しかし」七兵衛は首を横に振る。「今、商家に盗みに入るのは飛んで火に入る夏の虫というものだ」

景気が悪くなれば泥棒は増える。そして泥棒には商家に対して肚に一物持っている者が多いから、『盗みに入るなら金持ちの商家』と決めてかかっている。かくして、今や商家に泥棒が入らない日はなく、商家の側も自ら身銭を切って蔵の守りを厚くしている。確かに商家には金はいくらでもあるが、金を手に入れるより前に、商家の雇った強面どもに捕まって、獄門まっしぐらだろう。

となれば――。

「やはり、武家屋敷を狙うのが妥当だな。いかにお前が目をつけられているとはいえ、商家よりは幾分見つからない公算が高まるだろう」

「そうかい。でも、普通の武家屋敷じゃあ、一月で八十両なんてとてもとても……」

「八十両を四回に分ければいい。そうすれば一回当たり二十両。わしへの支払いの分を計算に入れれば、一回あたり四十両といったところか。これならさほどの無理はあるまい」

自分への支払いの分まで乗せてくる七兵衛に厚かましさを感じないでもなかった。だが、約束は約束だ。

「月四回か、しんどいな」

「ならば、月二回だ。一回当たり八十両。これならば大して苦ではなかろう」

「だがよう、それってあんたの教えに反するじゃねえか」

これまで、七兵衛に言われていることの一つに〝五十両以上の金を盗まざること〟というのがある。〝五十両以下なら旗本以上のお武家にとっては痛くも痒《かゆ》くもない少額だ。だが、これを超えると向こうにとっても笑ってはいられなくなるらしい〟ということだった。

話が変わっただろう。そう七兵衛はぴしゃりと言った。

「お前がこの稼業から足を洗う。となれば、あとのことは気にしなくてもいいというわけだ。あとはご公儀の手の者から逃れられればいい。早い話が、八十両を手にしたお前が江戸から離れてとんずらすればいいということだ」

「ああ、そうだな」

これまで七兵衛が言っていたのは、『生業として盗みを行なうための』やり方だったということだ。しかし、もしこれ限りだというのなら、多少強引な盗みをしても問題はない。もちろん同業者には多少の影響は出るだろうが、そんなのは、足を洗う人間の知ったことではない。

「あともう一つ言えるのは――。そうだな、大きな大名屋敷を狙うのがいいだろうな」

「おやおや、なりふり構わねえと何でも言ってくるんだな」

これも今までは戒められてきた。狙うのはあくまで小大名や旗本たち。さすがに大大名の屋敷が荒らされたとなると天下が騒ぎ出す恐れがある、というのが七兵衛の言い分だった。

「これで足を洗うのなら、今更どうだっていいだろう。それに、だ。お前の話が大名家の間で話題になっているというのもミソだ」

「どういうことでえ？」

「お前の仕事が大名の間で知られているということは、お前の盗みの仕方もある程度知られていると見ていい。つまるところ、五万石程度の大名から旗本に狙いを絞って少額を盗む小悪党。それが今のお前ということだ」

まさしく小悪党だ。

「もちろん大大名どもにも通達は行っているだろうが、おそらく対岸の火事と考えているだろう。今、大大名は狙い目ともいえる。もちろん、これを限りの稼ぎと思っているのならば、な」

なぜか〝これを限りの稼ぎ〟というところに力を置いた七兵衛は、次郎吉の顔を指差した。

「半月待て。その間に大大名たちにもお前の噂が広まる。そうして話が広まったところでぱっと盗みに入る。そうすれば八十両を容易《たやす》く手に入れることができる……という寸法だ」

「なるほど。でも、半月待たなくちゃ駄目か」

「駄目だ。武家での噂の広がりは亀の歩みだ。安全を期するためにも少し待て」

「わかったよ」

ここから半月、か……。

心中で手元に残っている銭を数える。どうやらしばらくは水を啜って生活するしかなさそうだ。

と、覚悟を決めた頃、戸が思いきり開かれた。

患者が駆け込んできたか。次郎吉も慌てて居住まいを正す。だが――。

「なんでえ、亀蔵か」

七兵衛の家に飛び込んできたのは亀蔵だった。いつもの着流し姿ではなく、ほっかむりをして着物の裾を帯に挟むという、いかにも辻売りのそれだった。

「どうした、血相を変えて。お奉行所にでも追われたか」

「ははん、そう簡単にお奉行所に目をつけられてたまるかい」

煩《うるさ》い奴だ、そうぼやくように口にした七兵衛は、何があったんだ、と話を促した。すると亀蔵はそんな七兵衛を押しのけて次郎吉に向いた。

「そういやあ旦那、調べがついたんだよ!」

「何の？」

「おいおい、忘れちまったのかよ。あんたが俺に頼んだ、静平ってェお武家さんだよ」

「……あぁーッ」

「その言い方、さては忘れてたね⁉」

「……悪《わり》ぃ悪ぃ」

忘れっぽいのは次郎吉の悪い癖だ。

「実は調べに回っているうちにいろんなことがわかったんだよ。旦那、悪いことは言わねえ。あの爺がウロウロしているうちは何もしねえほうがいい」

「ほう、お主が狼狽《ろうばい》するほどか」

七兵衛は身を乗り出した。決して普段は浮わついたことをしないだけに、こうして身を乗り出して話を聞こうというのは珍しい。

次郎吉も興味を持たずにはいられない。

「で、あの爺、いったい何者なんだよ」

話を促すと、亀蔵はごくりと喉を鳴らして、ゆっくりと口を開いた。

「あれは、松浦静山《まつらせいざん》だ」

「松浦静山？　何者だぃ」

「おいおい、旦那、知らねえのかい!?　ありゃあ――」

　あがあがと口をどもらせる亀蔵。言いたいことがあまりに多すぎて口元辺りで詰まってしまっているのだろう。見るに見かねたのか、代わりに七兵衛が、わしの知っている松浦静山ならば、と前置きして続けた。

「松浦静山は、西南平戸の領主だ。もっとも、とうの昔に子に家督を譲っているから、今は悠々自適の隠居の身だと聞いている。噂だと、毎日のように町に繰り出しては様々な文物を見て回り、ご公儀ご禁制の戯作や錦絵を集めているとのことだが……。その松浦静山がどうした」

「いや、そのセーザンとやらが、いつもの賭場で顔を合わしてる爺なんだよ」

「爺……？」

「ほら、いつもいるだろ？　年の頃七十くらいで武家髷を結ってる……。毎日のように賭場に来てる……」

「ああ」

　ようやく思い当たったのか、七兵衛は手を打った。しかし、やがてその顔に困惑が広がり、最後には悲鳴に変わった。

「あの爺さんが松浦静山だと!?　隠居しているとはいえ大名だぞ。そんな御仁がどうして賭場になぞ顔を出すのだ……！」

その問いに応えたのは亀蔵だった。手元の帳面をめくりながら横鬢《よこびん》を掻く。

「いやな、よくわからねえんだけれどもよ。すんげえ若い頃、このお人、松平定信公と懇意にしてたんだと。だから幕閣も手を出しづらいらしい」

「松平定信公……。いやはやこれはまた」

四十年ほど前、老中首座にあった大大名の名前だ。数年前に江戸で死んだ。

「まあ、あの人が死ぬ前には荒稼ぎさせてもらったがね」

はは、と亀蔵は笑う。そのいきさつを聞いてみれば――。

定信公が死ぬ二か月ほど前、江戸で火事があった。かつては幕閣として辣腕《らつわん》を振るっていた定信公も寄る年波には勝てずに寝たきりの生活だった。それゆえ火の手から逃げるときに寝たままでも運べる駕籠に乗らざるをえなかった。その駕籠が道を塞いだことで町人の避難が遅れ死人が出た。その出来事を揶揄《やゆ》する瓦版を刷ったところ飛ぶように売れたのだ、と亀蔵はホクホク顔だった。

「まあ、あの人は寛政の頃に戯作やら錦絵やらを取り締まったからね。版元の連中がこぞって公のことを馬鹿にしたもんさ。しかもそれが金になるってェならなおのこと、ね」

「亀蔵、お前もとんだ小悪党だな」

薄く笑った七兵衛は顎をひねる。

「しかし、不思議だな。定信公といえば古今稀に見るしまり屋だ。それがあの松浦静山と結びつくとは思えなんだが……？」

亀蔵は手をひらひら振った。

「ま、いろいろあるんでしょうよ。――とにかく、静平は松浦静山だってことだ」

つまり何か？　今、俺は松浦静山に睨まれてるってことか？

下を向いていると、ふいに七兵衛が次郎吉の顔を覗き込んできた。

「どうした」

「いやあの」

言えない。〝松浦静山に睨まれている〟なんてことが知れれば、慎重な七兵衛のこと、泥棒に入るのは一か月後、などと言い出しかねない。あるいは、松浦静山を殺してでも口を塞ぐ、とでも言い出したらことだ。

しかしまあ。

次郎吉は考え直す。

昔は大名だったかもしれねえ。けど、今はただのご隠居だ。ご隠居が気炎を揚げたところで何が変わるわけでもねえだろう、と。

しかし、その次郎吉の考えが間違いであったことがわかるのに、大して時間はかからなかった。

道を歩いていると、物々しく人を連れ歩く静平……もとい松浦静山に行き合った。

尋常ではない。若々しい侍を四人も引き連れて老人が歩いているのだ。そもそも江戸での徒党はあまり褒められたものではないし、町人からつまらぬ喧嘩を売られるから、武家はあまり徒党を組まないものだ。

声をかけられては面倒だ。そう思い往来の端っこをこそこそ歩いていると……。

「おお、そこを行くは！　やあやあ」

静山が手の杖をぶんぶん振り回しながらこちらに笑みを向けてくる。

さすがに無視するわけにもいかず、周りの冷たい視線を浴びながら静山の前に立った。

「ああ……静平さんじゃねえか。どうしたんでぇ……？」

後ろの侍衆があからさまに殺気を放っている。そりゃそうだ。次郎吉は口の端で呟く。

なにせこの人は九州平戸の先代殿様なのだ。いくらなんでも町人風情が大名に親しげに話しかけていいはずはない。だが、だったらそもそもこんなところを大名が歩かなければばいいし、こうして話しかけてこなければいいんだよ、と誰にしているのかわからない言い訳を心中で繰り返しながら、ひたすら次郎吉は背中の冷や汗と戦っていた。しかし、そんなことなど知る由もない静山は、相好を崩して次郎吉の肩を叩いた。

「いやー、例の鼠、最近休んでおるようでなあ。いろいろ嗅ぎ回っておるということよ」

「へえ……」

お侍ってぇのも大変だよなあ……。静山の頭越しに侍衆の顔を見ながら、次郎吉は肚の内で呟いた。きっとこの侍衆にはほかに仕事があるだろうに、主君の気まぐれに付き合わされているのだろう。

すると、静山は次郎吉の顔を覗き込んできた。

「そうだ。お主、最近変な噂は聞いておらぬか？　鼠小僧の噂をな」

「鼠小僧の噂、ねえ。全然聞いちゃいねえなあ」

関わり合いになりたくない。鉈《なた》を振り下ろすように話を切った。

その瞬間、静山の目が光った。

「おい、次郎吉。どうしてお主はあの賊に〝鼠小僧〟なる綽名《あだな》がついていることを知っておるのだ？　噂さえ聞いておらぬお主がそれではいささかおかしいのではないのか」

鋭い爺だ。

しかし、このくらいの鋭さは次郎吉にだって持ち合わせはある。

「おい、静山さんよ」

あえて、静平ではなく、本名である〝静山〟で呼びかけた。

と、静山は好好爺《こうこうや》の面体を一瞬で脱ぎ捨てた。禍々《まがまが》しい気を放ちながらそこに立つ老人には、こちらを戦慄させる何かがあった。

「なんじゃ？」

「俺、まだあんたに名前を名乗ってねえはずなんだよな。なんであんた、俺の名前を知ってるんだい」

「なるほど、わしも本当の名前を名乗った記憶はないのだが、お主の口からその名が出てきたことに驚いておる。わしの思いもお前と同じ、か」

「そんなとこ、だ」

しばらく、次郎吉は何も言わなかった。静山も何も言わなかった。目の前に立つ静山は微動だにせず、先ほどから重苦しい空気を放ったままでいる。

こっちから切り出さねえと駄目か。

次郎吉は口を開いた。

「なあ、何が目的なんだよ。あんた、ご隠居さんだろ？　今更ご公儀に義理立てする必要もねえはずだぜ？　なんで鼠小僧に執着するんだよ」

そうよなあ……。

空にうろんな目を向けていた静山だったが、やがて、重々しく口を開いた。

「言うなれば趣味と実益じゃ。隠居というのはとかく暇なのだ。暇潰しが手に入る上、ご公儀からの褒賞が手に入る。これ以上の誉れがあるか」

「暇潰しで追われる鼠小僧のことを思うと胸が痛むぜ」

そう皮肉をぶつけてやっても、静山は眉一つ動かさずに口を開いた。

「お主は、鷹《たか》狩《が》りで狩られる兎に念仏を唱えるのか？」

きょとんとしていると、おっとっと、とおどけた口調で静山は続けた。

「町人にはわからぬわな。吉宗公以来、わしら武家はしばし絶えておった鷹狩りをするようになった。吉宗公は時折、非公式ながら競いの鷹狩りをされたようでな。優秀な者には褒賞をくだされたそうだ。そうよ。鷹狩りすらも武家にとっては利になりうるということ。そして今は——江戸をちょろちょろと動き回る可愛い鼠が鷹狩りの獲物ということよ。価値なき鼠小僧の首は、わしらの理屈の中では価値あるものということだ。わかるか？」

正直、次郎吉には静山の言葉の意味が半分も呑み込めない。

だが。

「結局、煎じ詰めれば金ってことかい」

「まあ、そういうことだな。町人でそこまでわかれば充分というもの」

どうやら、今度は向こうが話を切りたがっているようだ。

こちらとしてももう話すことは何もない。後ろの侍衆が何かに気づいてこちらを捕まえにかからないとも限らないし、静山の出方もわからない。ならば、逃げられる時に逃げるのが正しい。そう考えた次郎吉は軽く頭を下げて横をすり抜けた。

と、静山が次郎吉を呼び止めた。

「今度はなんだい」

あえて呆れ声を発して振り返った。さっきまでとんでもない圧力を振り撒いていた静山が、元の好好爺に戻っていた。その静山はまるで昔話でもするような口調でとんでもないことを言い出した。

「実はな、わしは鼠小僧と一つの賭けをしようと思うておる。明日辺り、江戸中に刷り物を配ろうかと思ってな」

「賭け?」

「ああ」頷いた静山は手をひらひらと振った。「もし鼠小僧がわしの寝所までやってくることができたら百両を与える。その代わり、もしも捕まれば――」

「牢の中、ってか」

意地悪げに薄く微笑んだ静山は頷いた。

「でもよ、もしそれで鼠小僧が来なかったらどうするんだよ」

「いや、別にそれはそれでよい。わしの懐は痛まぬしな。それに、ご公儀に対しては、〝おおっぴらに鼠小僧を挑発することで鼠小僧を遠ざけるという策〟とでも言い条を並べればよろしい。それに、この件で引っ掛かるのは鼠小僧のみではあるまいて。そやつらをご公儀に引き渡せば功名となろう」

誰も鼠小僧の正体など知らないのだ。俺が鼠小僧でございと現れて金を掠め取ろうなどという奴もいることだろう。

それにつけても――。

「そんな見え透いた罠《わな》に引っ掛かるほど馬鹿かねえ。鼠小僧ってェのは」

「ああ。だが――。こんなあからさまな、見え透いた罠を仕掛けておるからには、払うものはしっかり払う。もしも、わしの寝所まで達することができたら、だがな」

「なるほど、武士の沽券ってやつかね」

「ああ、そう取ってもろうてもよかろう」

静山は頷いた。

なるほど、信じてもいいかもしれない。そんなことを次郎吉は思った。

何よりそう感じたのは、この話をしている時の静山の表情だった。かかってこい。そう静山が言っているような気がしてならなかった。その顔に嘘はない。静山のその表情は、大名家先代当主などという重苦しいものではなく、それこそ、昔次郎吉がまだ堅気だった頃に嫌というほど見てきた気位の高い職人たちの姿に他ならなかった。どいつもこいつもいけ好かない奴らだったが、約束は何が何でも守った。そんな男たちの表情と静山のそれが重なった。

とはいっても、さすがに頭から呑み込むには危険な話だ。いくら馬鹿の次郎吉でもそれくらいのことはわかった。

「もしも鼠小僧を見かけたら、言っておいてくれ」

「あー、なあ爺さん。もし本当に鼠小僧を釣るつもりなら、証拠を見せてもらわねえと困っちまうぜ。本気で鼠小僧と対決しようってェ証拠をよォ。鼠ってェのは元来疑り深いからねえ。もし俺が鼠小僧なら、怖くってあんたのところに邪魔なんかできねえよ」

「なるほど」意外なほどあっさりと静山は同意した。「ならば、本気だという証を用意してておこうではないか。貴重な意見を貰《もろ》うたな。すまんなあ次郎吉。この礼はいずれ」

「ああ、期待せずに待ってるよ」

そう吐き捨てて、次郎吉はこの場を後にした。高鳴る胸を抑えながら。


「もう何が何だかわからねえ」

そう口にするのは亀蔵だ。やはりいつものように辻売りの帰りなのか、ほっかむり姿で七兵衛の家にやってきた亀蔵は、やってくるなり頭を何度も振った。

「何かあったのか」

そのもっともな七兵衛の問いに、亀蔵は息を落ち着かせながらも続けた。

「それが、すげえもんを見た」

「ほう、どうすごい」

「それが……平戸の松浦静山がこんなことを始めやがった」

「へえ」

七兵衛の手に渡されたのは墨刷りの引札《ひきふだ》のようなものだった。今時多少気の利いた商店なら多色刷りの引札を用意するところだろうに、こういう野暮はまさに武家のそれだ。

「どれどれ」

次郎吉もその引札を覗き込む。

鼠賊へ、と題されたその引札には、もしも平戸家中の下屋敷にある松浦静山の寝所に忍び込むことができたなら金一封を与える、という文句が躍っていた。

ここまでは、昨日静山が言っていたことと同じか。

あまり驚きはしなかった。

だが——。

「それが……ここを見てくださいよ」

引札の端っこに、手書きで何かが書かれている。刷りの段階で間に合わない文言を引札に書き入れたのだろう。その文言に目を落とした瞬間、思わず次郎吉は声を失った。

七兵衛は驚愕《きょうがく》の声を上げた。

「〝若《も》シモ一月後マデニ鼠賊現レヌ場合ニテハ其ノ正体ヲ明カス也〟だと？　松浦静山は鼠小僧の正体を知っている……？」

七兵衛はその顔を次郎吉に向けた。もちろん怒気混じりにだ。

「どうなっているのだ。しかも、この話には松浦静山の名前も出てくるのだぞ」

どうやらもうだんまりというわけにはいかないようだった。

仕方なく、次郎吉はこれまであったことを一から説明した。

呆れ半分に七兵衛はこの事態を整理した。

「なるほどな。松浦静山はお主の正体に勘付いている。にもかかわらずお主を野放しにした上、こうして果たし状を寄越してきたということか」

「しかし、おかしくねえですかい」その会話に割って入ったのは亀蔵だった。「なんであの御仁、こうも回りくどい方法を……？　まあ、世間は義賊鼠小僧対風流大名松浦静山ってェんで大騒ぎになってるから、また瓦版が飛ぶように売れて有難いけどねえ」

困惑の度を深める七兵衛に向かって、次郎吉は答えた。

「きっとあの人は、ただの馬鹿野郎なんだよ」

「はあ？　何を言う、松浦静山といえば当代一流の学者について学んでいるぞ。さらには蘭学の知識も相当なもので……」

「そういうこっちゃねえよ」

鳶時代、師匠筋に当たる人がよく言っていた。世の中には知恵者だと言われている者がいるが、本当の頭の良さというのは知識の量ではなくて、その都度その都度妥当な答えを出すことができる人間だ、と。

その師匠の言葉が正しいとするなら、松浦静山という人間は〝知恵者の馬鹿〟だろう。松浦静山ともあろう者があえて鼠小僧などという怪しげなものと戦う必要などない。というか、そもそも隠居の身なのだから、家に籠《こも》って書三昧、茶三昧の生活を送っていればいいはずだ。あえて面倒事を拾おうというその姿勢は、どう考えても馬鹿の名を冠するにふさわしい。

ってことは、だ。

「やるしかねえように見えるけど、七兵衛さんよ、どう思う」

ぐむ、と短く唸った七兵衛だったが、やがて諦めたようにかぶりを振った。

「そうだな、やるしかないようだな、こうなっては」

不承不承な様子が見て取れる。普段あまり動かすことのない眉を憎々しげに吊り上げていた。

「いいか次郎吉。一つだけ助言だ。もし忍び込むのなら期日内の前半ではなく後半、それも遅い時期に行け。さすれば多少は楽に侵入できるだろう」

「ああ、わかった」

そう頷いた次郎吉。すると、亀蔵も口を開いた。

「じゃあ、あっしからも。どうやら静山の爺さんは結構な数の人間を雇い入れてるみたいだぜ。表向きは中間ってことになってるが……実態は番方ってところだろう」

「何でもありなんだな、あの人ァ」

確か、お武家さんは格式に応じて雇える中間の数も決まっているんじゃなかったのか。

「だから、それも込みで松浦静山ってことだよ」

幕閣すら恐れない松浦静山。その男のありさまは、恐ろしいを通り越してどこか戯画のようですらあった。お世辞にも気の利いた戯画とは思えないにせよ、不可解でかつ面白い——言うなれば、いつぞや食ったくさやのような存在になりつつある。

そして、そんな存在の男に目をつけられているという事実に背中を冷やしながらも、どこかでその状況を楽しみかけている次郎吉もいた。

ああ、結局、俺も馬鹿の一人ってことかい。

次郎吉は、なんとなく松浦静山という男が気にかかる理由がわかった気がした。


そして、引札に記された期日より数日前の夜のこと——。

紺色の装束にほっかむり姿の次郎吉は、本所にある平戸下屋敷前にいた。次郎吉は空を見上げた。こんな日に限って限りなく満月に近い月が浮かんでいる。

だが——。見つからなければいいだけのことだ。

物陰から門前を窺う。あんな引札を配るだけのことはあって、門前には提灯《ちょうちん》の光がいくつも浮かんでいる。

最初から、表門から中に入ろうとは思っていない。裏道から側面へと回った。高い白壁がずっと続いており、かなりの高さだ。しかし、その高さを恃《たの》みにしているのか、巡回している人間の影はどこにもない。

ここから、かね。

武家専門の盗みを始めて早三年。既にただの泥棒ではなくなっている。以前は使っていた鉤縄ももう今では必要ない。確かに身丈の倍はあろうかという白壁だが、道具など使わずとも何とでもなる。

ぺっぺっ。

両手に唾を吐きかけて、すうと息を吸った次郎吉は、白壁に向かって走った。そして白壁に激突するかに見えたその瞬間、次郎吉は踏切り足を白壁に向かって突き出した。走る勢いを得ている一瞬、坂だろうが壁だろうが地面と変わらなくなる。そのわずかな一瞬を逃さず、壁につけている踏切り足の発条《ばね》を一気に解き放った。そうして上へと飛び上がり、白壁の上の瓦の庇に手を掛け、懸垂の要領でよじ登る。

どんなもんでえ。

次郎吉お得意の壁走りだ。身丈の二倍くらいの壁ならばこれで充分越えられる。白壁ではなく土壁ならば三倍の壁でもいけるだろう。

しかし、勝ち誇っている暇はない。下が何であろうが壁の上にいてはすぐに見つかってしまう。屋敷の中に降り立った。

ありがたいことに、降り立った先は屋敷に隣接する狭い庭だった。中間の寝所である長屋からは離れており、さらに巡回の連中もここまでは目が届かないようだ。人の気配がまったくない。

しばらく次郎吉は動かなかった。目を閉じて、周りの音に耳を澄ませる。だが、砂利を踏みしめる遠い足音以外には、とんと人の放つ音は聞こえなかった。

こりゃあ見つかってねえや。

だが、油断は大敵だ。

今回は普段あまり入ることのない屋敷内だ。いつもは母屋から離れた金蔵の中に入るのが普通だからだ。確かに母屋の中にも金目のものはあるだろうが、これまで敬遠してきた。母屋には当然人がいる。人がいるということは、盗みに入られたことがばれてしまうという恐れがある。

しかし、今回はそんなことも言っていられない。

どこぞの戯作者が、戦国の頃の忍者は天井裏を歩いていると書き散らかしているが、そんなことができるのは妖怪変化くらいのものだ。選ぶとすれば床下だ。

幸い、他の大名屋敷の例に漏れず、このお屋敷も床下が広い。かがむどころか中腰で進むことができそうなくらいだ。床下に入り込んだ次郎吉は埃っぽい中をひたすら進んだ。

しかし――。ここで考えあぐねてしまった。

そういやあ、このお屋敷の内部ってどうなってるんだ？　と。

実を言うと事前にいろいろと調べてみたのだ。駄目元で亀蔵にも協力を頼んだ。しかし、どんなに次郎吉が調べても、どんなに亀蔵が情報網を駆使しても、この屋敷の部屋数さえはっきりしないという有様だった。聞けば、この屋敷は建て直した際に平戸の大工や職人ばかりを使ったらしく、江戸で生計を立てている職人たちは隅っこのほうの普請しかやらせてもらっていないという。

いよいよわからない。ってこたぁ……。

次郎吉は床板に耳を当てた。とりあえず足音は聞こえない。すると次郎吉は懐から折り畳みの金鋸を取り出して、その先を床板の切れ間に刺した。

ごり。

手応えとともに床板を突き抜ける感触がある。そしてその奥に何か柔らかいものが当たったような気もする。恐らく床板の上にあるのは畳だろう。

好都合だ。畳が金鋸の音を抑えてくれる。

しかし、それに満足するわけにはいかない。夜中には小さな音でも目立つ。それに、畳に寝ている人が多いゆえに気づかれかねないのだ。ゆっくり、ゆっくりと金鋸を動かして一枚ずつ床板を外していき、人一人がくぐれそうなくらいの穴を作った。これは泥棒としての技術ではない。鳶職だった頃の、昔取った杵柄《きねづか》だ。

睨んだ通り、床板の上には畳があった。金鋸をしまった次郎吉は、ゆっくりと畳を持ち上げた。手応えからして上に何かが載っかっているようなふうはない。そうして少し持ち上げてその隙間から辺りを窺う。

そこは十畳ほどの部屋だった。調度も何もない殺風景な部屋で、奥の間なのか月明かりさえ見えない。

誰もいない。

ゆっくりと畳を持ち上げて脇に置き、部屋に上がり込んだ。

ここを拠点に動く、か。

そうと決めたその瞬間、廊下に面しているのだろう障子の向こうに提灯が浮かんだ。その提灯はゆらゆらと動きながら部屋のすぐ脇をすり抜けて向こうへと消えていった。

巡回か。

確かに、他の武家屋敷と比べて警備が固い。確か平戸家中は六万石ほどの大名だと七兵衛から聞いているが、これまで入った大名家とは一味警備《まもり》が違う。しかしそれがそれなりの大名家であるゆえなのか、それとも静山の趣味なのか、いささかわかりかねた。

まあ、いい。

巡回する者は部屋の中にまでは入ってこない。となれば、部屋から部屋へと移っていけばやがて目的の場所に行きつくはずだ。

次郎吉は部屋の襖を音もなく少しだけ開いた。しかし、この部屋には寝具が敷いてあり、女が数人眠っていた。女中部屋らしい。巡回の侍どもが入ってこないわけだ。合点して、襖の戸をあえてさらに開いてみた。

中を覗き込むと、やはり中は女中部屋のようで、女の放つ甘い匂いが辺りに満ちていた。そこに十五、六くらいの女が三人、布団を敷いて眠っている。昼間の仕事に疲れきっているのか、それとも次郎吉の抜き足が完璧なのか、次郎吉が部屋に入ってきてもなお起きる様子がない。

その乙女たちを起こすことなく脇をすり抜けた次郎吉は次の襖を開いた。次の部屋も誰もいないようだ。

よしよし、これで――。

ほくそ笑んだその時だった。

「ううーん？」

女が呻《うめ》いた。思わず心の臓が高鳴る。衣擦れの音がしないようにゆっくり振り返ると、女がちょうど寝返りを打っているところだった。

しばらく観察していたものの、やがてその女はまた眠りの海に沈んでいった。

まったく、脅かしっこなしだぜ。

そうして次の襖を開いた次郎吉は、次の部屋へと入った。

と、このようなことを延々と繰り返しているうちに、ようやく終着点が見えてきた。

いくつかの部屋を抜け、廊下を横切ってさらに部屋に入り右へ左へと進むことしばらく、これまでの部屋とは明らかに造りの違う部屋に出た。それまでは何の飾り気もない板天井だったものが、その部屋からは格《ごう》天井に変わっている。それだけではない。そのあたりに何気なく置いてある行灯《あんどん》も、それどころか足元の畳すらも、さっきまでのそれとは一段も二段も格式の高いものだ。

そろそろ、だな。

部屋の中を縦断すると、その奥にあった襖に手を掛けた。間違いなく、音一つさせた覚えはない。だというのに――。

「おお、来たか鼠小僧」

奥から声がした。

思わず襖から手を離してしまった。しかし、奥の部屋から響く声は、そんな次郎吉のことを笑った。

「はは、よくここまで来た。歓迎しよう。――わしの負けだ。中へ入ってこい」

どうすべきかしばらく悩んだ。今から逃げたところでいつかは捕まってしまう。とはいえ、中に入った途端にお縄ということだってありうる。……だが、もとより静山の誘いが罠である可能性は充分にあったのだ。今さらうじうじ言っても始まらない。

次郎吉は覚悟を決めて、襖を思いきり開いた。

すると中には、鉄瓶の銚子を杯に傾けながら胡坐《あぐら》をかく松浦静山の姿があった。その酒をぎりぎりまで杯に注ぐと、それを少し舐めて畳の上に置いた。真っ白な寝間着一枚の静山は、脇差すら脇に置かない無防備な姿だった。

「次郎吉。やはりお主だったか。わしの見立ては間違いではなかった」

「なんでわかった。俺が来たと」

「はは、爺と思って舐めるなよ」静山は酒臭い息を意気軒昂《けんこう》に吐き出した。「これでもわしは、剣術をずっと修め続けておるもんでな。そこらへんの木っ端武者などものともせぬぞ。無学な泥棒一匹の気配を探るなんぞ造作もないことよ」

まあ、立ち話もなんだ。そう歌うように口にして、静山は次郎吉に席を勧めた。座っていいものかしばらく悩んでいたものの、いつまでも突っ立っているわけにもいかなかった。次郎吉は言われるがままに静山の差し向かいに座った。

「見事だな。まさか、わが下屋敷にこうも容易く忍び込むとは」

「いや、案外骨が折れたぜ。それに、あんた、本当にやる気あったのかよ」

「むう？」

曰くありげに顔を歪める静山を前に、次郎吉は自分の思いをそのまま口にした。

「正直、このお屋敷の守りは笊《ざる》も同然だぞ。お屋敷の中で守りきれねえところがあるっていうのはわかる。だったら庭をもっと厳重に守るべきじゃねえか」

「泥棒に守りの穴を叱られる、か」

なぜか上機嫌の静山は次郎吉に杯を勧めてきた。だが、さすがにそれは断った。

しかし、それに気分を悪くしたふうもなく自分の杯に口をつけた静山は、しばらく口の中で酒の口当たりを楽しむように唇を動かし、最後にはため息をついた。

「なあ、次郎吉」

「あん？」

「お主は、生きておって楽しいか」

「は？　何を」

「答えい」

静山の表情はまた変わっていた。さっきまでの上機嫌な表情はとうに消え去り、猪口をあおってから見せたその顔は、さながら夜叉《やしゃ》のようだった。

答えないわけにもいかず、次郎吉は応じた。

「ああ、まああかね」

いろいろある。でも、とりあえず生きている。まああというところか。

が、静山は首を横に振った。

「わしはどうも面白くない」

まあ聞け。静山は続けた。

「わしは若い頃、幕閣を目指しておった。とはいってもわが家は外様《とざま》。ほとんど望めぬことだというのはわかっておったがな」

何を言っているのかわからない。だが、次郎吉は口を挟まなかった。きっと、この人はただ話したいだけなのだろう、と。

「松平定信公とも昵懇《じっこん》になってな、必死で媚《こび》を売ったもんじゃ。幕閣どもに届け物をしたりもしたわ。が、結局幕閣にはなれずに隠居した。それからは、定信公の名前を借りてやりたい放題やってきた。幕閣どもがわしを罰することができぬのは、わしがご公儀の裏側をいろいろと知っておるからだ」

だが――。力なく肩を落とした静山からため息が漏れた。

「わしは満たされなんだ」

「だから、鼠小僧を捕まえようってか」

「その通りだ」

鼠小僧を捕まえる、しかもその首にはご公儀から褒賞がかかっている。もし捕まえることが叶ったならば、かつて自らを幕閣に上げようとしなかった連中への復讐《ふくしゅう》となる上、褒賞まで手に入る。名誉と実利が共に手に入る。そのようなことを静山は言った。

その瞬間、次郎吉の全身の毛が逆立った。

「気に食わねえな」

「は？」

「気に食わねえって言ったんだ。おめえらの馬鹿馬鹿しい意地の張り合いに付き合ってられるかってんだ。こちとら必死こいて生きてるんだよ。あんたらがどうでもいい悩みにため息ついてる間もよ」

お武家さん、しかも大名だ。今では跡目も譲って隠居している。野垂れ死にしようもない立場だ。そんな気楽な場に身を置いて、『俺は出世できなかった』だの『満たされなかった』だの、馬鹿じゃねえのか。気ままな爺の碁の相手なんかしてられるかってんだ。

その思いがそのまま口から飛び出した。

「ふざけんなよ爺。俺に必要なのはおめえの眠てえ昔話じゃねえんだよ、金なんだよ金」

しばし呆然としていた静山。しかし、やがて何か思うところがあったのか、短く笑って、浮かび上がってくる思いすべてを呑み込むような顔をした。

そして、静山は後ろに置かれていた包みを開いた。その包みの中には三方《さんぼう》が入っており、その上に紙で封じられた大きな包みがあった。

「しめて二百両。持って行け」

よしよし。手を伸ばしてその二百両の包みを手に取った。

だが、思うところあって目の前でその包みを破りにかかった。

「疑っておるのか、本物ぞ」

「ああ、疑っちゃいねえよ」

包みを解いてみると、今度は十両包みが二十個出てきた。

手頃、だな。

その一つを手に取った次郎吉は何度も投げ上げて弄んだ。そしてしばらくそんなお手玉を繰り返していたものの、その十両包みを静山に向かって投げつけた。

「な⁉」

悲鳴を上げる間もなかった。意外に十両包みは重い。当たり所が悪かったのか、泡を吹いて畳の上に転がる静山の姿があった。驚愕の顔を張り付けたまま気絶している静山に、次郎吉は唾を吐きかけた。

「ふざけんなよ。糞爺が」

そう吐き捨てた次郎吉は、静山の周りに転がる包みを拾い上げようとして、やめた。投げた金をまた拾い上げるなんて真似は、かっこ悪すぎてやる気にもなれない。

「百九十両、貰ってくぜ」

誰にともなくそう言って、次郎吉は畳の上で泡を吹きながら伸びている静山に別れを告げて部屋を後にした。


やった、金だ！

その次の日の朝、ようやくできた金を懐に、次郎吉はお冬の長屋へと急いでいた。この懐の百九十両のうち半分を七兵衛に納めると残りは九十五両。たしかお冬は十両くらい金を貯めていると言っていたからこれで百余両。親請けの代金が五十両とすれば五十余両ほど余る計算だ。こうなりゃもうお冬なんぞどうでもいい。お里と二人で江戸を離れ、五十余両を元手に暮らして行けばいい。

俺の人生、ようやく開けてきやがったぜ。

笑いが止まらない。

へへへへへ。幸せのお裾分けでえ。

走りながら次郎吉は懐の十両包みを破って中身を取り出すと、水切りの要領で貧乏長屋に投げ込んだ。普段神か仏かと拝み倒しているものをぞんざいに扱うことに昏い喜びを感じはじめ、しばらく走るうちに結構な金を投げ込んでしまっていた。おっとやべえやべえとばかりに懐を覗き込めば、包みが五つまでに減っていた。

朝もやが残る町を転がるように走り抜ける。

そうして見慣れた辻を曲がって長屋へと飛び込んでいく。

だが……。おかしい。次郎吉は何かを嗅ぎ取っていた。

そのわずかな違和感は、やがて眼前に明確な形で現れた。

朝だというのに人の声で煩い。しかも、ひそひそ話どころの騒ぎではない。女が金切声を上げ、男が怒鳴り、子供が泣く、地獄絵図のような惨状だった。何があったんでえ？　小首をかしげながら長屋の中に飛び込むと、お冬の家の戸の前に人だかりができていた。

「おいおいどうしたんだよ、何があったんだ」

その辺の女房を捕まえて話を聞いてみる。だが、普段はぺちゃくちゃとよく口の動く女房は、蒼い顔をしてあがあがと口を動かすばかりだった。

その女房を押しのけて次郎吉は戸の前に立った。さすがに、なんとなく何が起こったのかわかったような気がした。

「おい、お冬さんよう、大丈夫かよ」

開かれた戸から中に入る。すると――。

口から泡を吹いて土間にあおむけに倒れているお冬。そしてそのお冬の脈を取る医者と思しき男。さらにその横に、無表情でそれを見下ろす定吉がいた。やがて、脈を測っていた医者が何度も首を振ったのを確認すると、定吉は組んでいた手を力なく下ろした。

「……次郎吉か」

「お、お冬さん、どうしたんだよ」

「ああ、朝、何の気なしに隣の内儀《かみさん》が入ったらこの通りだったらしい……。きっと心の臓が一気に止まっちまったんだろうなあ」

定吉は屈み込んで、目を見開いたままのお冬の目を閉じさせた。

おいおい。次郎吉は叫んだ。

「お冬さんが死んだらどうするってんだよ！　お冬さんが死んじまったら、俺ァ、俺ァ……！」

次郎吉はその場にへたり込んでしまった。

お里を悪所から取り戻すためにはこのお冬が必要不可欠だった。だが、お里は早くに父親を亡くしているし、今お冬も死んだ。これで親請けの芽は潰《つい》えた。

どうするってんだよ。

「おいばばあ、てめえ、てめえの都合で死ぬんじゃねえよ。あんたがいねえと困るんだよ」

しかし、いくらさすってもお冬の目が開くことはなかった。

# 第四話　開かれた壺

はあ、何にもやる気がしねえなあ……。

次郎吉は一人ねぐらにいた。店を畳んだ時に安さだけで移った両国の裏長屋だ。壁は薄壁一枚。それどころか、ところどころ蹴破られた跡があって、板で塞がれている程度の補修で済まされている。天井板のない屋根は雨じみで黒ずんでいる。橋の下よりは幾分マシかというこんな長屋には、当然堅気の連中など入居してはこない。

それまでこの長屋に帰ることはあまりなかった。何かと理由をつけては七兵衛のところに泊まったり、亀蔵の家に転がり込んだりしていたのだった。だが、何もやることがなく、何をする気もなくなった今、ただ長屋の板敷の床に寝転がっているだけの生活だ。

どうするんだよ……。

もう何日もこうしている。いい加減寝疲れた。骨も軋むし頭も痛くなってくる。仕方なく身を起こすと、部屋の隅に乱暴に積んである小判の包みに目が行った。

五十両。町人である次郎吉にとってはとてつもない大金だ。しかし、これじゃあまだ足りない。

お冬のばあさんさえ死んでなけりゃあなあ……。

次郎吉は一人ため息をついた。

お冬が死んだことでお里の親請けは露と消えた。もはや道はいくつも残されていない。女衒《ぜげん》や見世にばんと金を払い切ってお里を落籍させるしかない。となると、親請けの倍はするだろう。

見世の主人の言葉が気になる。

『最近、お里……春風にゃァいい客がついてね。悪いが、端金じゃ落籍なんかさせられないよ』

間違いなく見世側は落籍代をふんだくるつもりだ。

糞が。次郎吉は吐き捨てた。

俺がこんなんじゃあ、いつまで経ってもお里を助けることなんてできねえじゃねえか。あのお里のことだ、助平親爺に体をまさぐられている時も震えるばかりなんだろう。そんな助平親爺なんぞ俺がぶっ殺してやるからな。

まだ見ぬお里の上客の顔を思い浮かべながら気炎を上げる。

しかし、そうやって気合を漲《みなぎ》らせたところで五十両は五十両のままだ。

さて、どうしたもんか……。

また盗みに入るか？　いや。次郎吉は自分で挙げた案を自分で否んだ。松浦静山の一件以来、さらに武家屋敷は盗みに入りづらくなった。あの静山が次郎吉に勝負を挑み、あっけらかんと負けを認めてしまったのだ。これを経て、鼠小僧という泥棒の名前は弥《いや》が上にも江戸の町を駆け巡った。そして、そういう噂が立ったのをこれ幸いに武家屋敷が警護を固めた。

七兵衛の予言は当たった。あまりに次郎吉は目立ちすぎた。武家屋敷を狙う泥棒の存在が白日の下にさらされた上、鼠小僧などというけったいな名前を与えられたため、その悪名まで江戸中を駆け巡る羽目になったのだ。

亀蔵のやらかしたことにも原因はある。

あののっぺらぼうの瓦版師があることないこと書きまくって、〝義賊・鼠小僧〟なんてェ胡散《うさん》臭いものを江戸っ子に吹き込んだのだ。この前の義賊対風流大名の結末も面白おかしく描かれて（鼠小僧が松浦静山に説教をしたらしい）流布していた。さらには気まぐれでやった長屋への小判の投げ込みまで余すことなく伝えられ、鼠小僧の名はうなぎ上りに高まった。そして、知られれば知られるほど、仕事がやりづらくなってしまったのだった。

それにしても不思議だった。高まる義賊・鼠小僧の名声。だが、次郎吉自身は沼に足を取られてしまっている。この落差はなんだろう。いくら考えてもその折り合いをつけることができない。

くそう、亀蔵め。次郎吉は吐き捨てる。

泥棒はできねえ、となりゃあ、真面目に仕事を探すか？

しかし、そんなことができるなら、そもそも江戸に戻ってきた時にそうしているはずだ。

八方塞がり、か。

一人倦《う》んでいると、半ば開けっ放しにしていた戸が突然開いた。

「おうおう、お隣さん、随分と暇そうだねえ」

入ってきたのは、ずんぐりむっくりして、四角い顔の髭面の男だった。お隣さんだ。名前は知らない。だが、次郎吉は適当に〝黒髭〟と呼んでいた。

ふん。次郎吉は鼻を鳴らした。

「おめえほどじゃねえや」

「はは、違《ちげ》えねえ」

黒髭は豪快に笑った。

店を手放してから移ったこの長屋の住人には碌な者がいない。指が数本ない者、入れ墨の本数が次郎吉よりもはるかに多い者、間違いなく数人は手にかけていそうな殺気を放つ者……。そんな魔窟の中にあって、黒髭のなんとはない人懐っこさは少々奇異に映るが、地獄で仏、多少は話ができそうな気がしないでもない。だから、一日に一度こうしてやってくる黒髭のことを追い返すことができずにいた。

「今日もやることないのかい、お隣さん」

「おう、おめえと同じだ」

そう言ってやっても黒髭は眉一つ上げなかった。もしかしてこいつはただのうすのろなんじゃないのか、そんな気がしないこともない。

黒髭は、うーむ、と首をかしげた。

「そういやあ、暇ならと思って誘いに来たんだがよう」

「断る」

「おいおい、まだ俺ァ何も言っちゃいねえだろう」

「どうせ壺振りだろうが」

「なんでわかったんだよぅ」

毎日のように誘いがあればわかるというものだ。この長屋にいる連中はどいつもこいつも浮世の爪弾《つまはじ》き者どもだ。朝目が覚めると壺を振り、夜は夜でまた壺を振る。たまに糞をひったり飯を食ったりする以外は、己の身上を二つのサイコロの転がる先に委ねてしまえる連中だ。

「俺ァまだそこまで堕ちたつもりはねえ」

「はは、手ひどいなァ」黒髭は力なく笑う。「でもよう、一日そうやって寝てばっかりじゃあ面白くねえだろう。気散じだと思ってよぅ」

「気が乗らねえんだ」

次郎吉はごろんと寝返りを打った。

何にもやる気がしない。何をどうしたってこの世の中は変わらない。突然手元の五十両が五百両に化けることなんてないし、この魔窟長屋が陣屋に大変身なんてこともありえない。だが、その逆がありうるのが浮世の恐ろしいところだ。そんな片道通行の関所を前に、他の連中はどう折り合いをつけて仕事に精を出しているのだろうか。

だが、黒髭は放っておいてくれそうになかった。

「実はよう、おめえに逢わせたいお人がいるんだよ」

「俺に、逢わせてえ、だァ？」

「ああ。ここのところ、裏を締めてるお人でよ。おめえも裏の人間だろ？　だったら一度仁義を切ってだな」

裏。一見すればこの江戸は光に溢《あふ》れているように見える。誰もが白飯をかっ込んで仕事に出、いくばくかの銭を貰って帰ってきては温かい布団に包まれるような――。だが、そんな生活から程遠い者、そして、そんな生活糞喰らえとそっぽを向いてしまった連中もいる。お天道様の光を避け、夜の闇の中に潜む裏の人間たちは、盗み、奪い、犯し、騙《だま》し、殺し、日々の糧を得ている。つまるところ、次郎吉や目の前の黒髭のような者どものことだ、ということに気づかされて反吐が出そうになる。

「逢わなきゃ駄目かい」

「駄目ってことはねえけど、逢っておいたほうがいい。あのお人、とんでもねえやり手だぞ。なにせヤクザ一家をいくつもぶっ潰してる」

「ってことは、賭場荒らしでもしてるってのか」

無言で黒髭は頷いた。

賭場荒らし……。裏の人間の中でも一番危ないクチの人間だ。博徒というのは裏の人間の中でも極北だ。そんな連中相手に喧嘩を売る賭場荒らしが真の人間であるはずはない。

「しかも、荒らして喧嘩を売ってその縄張りを奪って、ここら一帯の賭場を仕切っているんだよ」

つまりはヤクザの親分だ。

だが――。

「ああわかった。仁義を切りに行こうじゃねえか。繋いでくれるのかい」

おお。声を漏らした黒髭は次郎吉に笑みを向けた。

「そうかいそうかい、わかった！　あのお人もきっと喜ぶぜ」

「おう」

「じゃあ、今夜迎えに来るから、それまでに支度をしといてくんな」

そう言い放つと、黒髭は戸を開けっ放しにしたまま出て行ってしまった。

おいおい、開けっ放しかよ。

のっそりと起き上がった次郎吉は、ふらふらした足取りで三和土に下りて戸に手をかけた。申し訳程度についた薄い木戸がいつもより重く感じられたのはきっと気のせいだろう。ため息をつきながら戸を閉め切るとまた床に上がり込んで寝そべった。

あーあ。俺ァどうしたらいいのかね。

体中に鉛のようにへばりつく疲れを覚えつつも、そのどこか甘美な感覚に身を任せて、次郎吉はゆっくりと目を閉じた。何かを考えるのも馬鹿馬鹿しかった。そもそも、頭がいいほうではない。いくら頭をめぐらしたところで答えなんて出るはずもなく、そもそもじっくり考えるなんて芸当はとてもじゃないができない。

目が覚めたら金持ちになってねえかな。いや、手元にある金が十倍になってたら、俺、今のこの生活から抜け出せるんだけどな。

そうして次郎吉は、目覚めた時には御大尽になっている未来を夢見ながら、眠りの世界へと逃げ込んだ。

もちろん、目覚めたところで御大尽になっているはずもなく、小汚い、崩れかけの見慣れた長屋で目を覚ました。そんな次郎吉を待っていたのは、戸を半分開いて呆れ顔を浮かべる黒髭だった。

「おめえ、昼から全然変わってねえじゃねえか」

そう苦笑いを浮かべた黒髭だったが、まあおめえらしいか、とぶつぶつ呟いて、次郎吉を顎でしゃくった。

「ほれ、行くぞ」

「あ、ああ」

鉛のように重い頭をゆっくり振って立ち上がると、次郎吉は黒髭とともに夜の町へと出た。

まったく活気のない夜道。誰一人すれ違うこともない。最近辻斬りが流行《はや》っているらしいから、あえて夜道を歩こうなんていう物好きはいないのだろう。遠くで犬の遠吠えがする。身を縮めながら歩くうち、前を歩く黒髭がある家の前で足を止めた。

「ここだよ」

「ここ、だあ?」

示されたのはさる旗本の屋敷だった。しかし、次郎吉にとってはただの旗本屋敷ではない。ここはかつて盗みに入ったことのある屋敷だ。二十両ほど盗んでとんずらしたはずだ。

気まずい。

そんな次郎吉の気後れを別の意味に理解したのだろう、黒髭は、うへへ、と下卑た笑い声を上げた。

「ああ、安心しろい。ここは借りてるんだよ」

黒髭曰く、最近は旗本といえども生活が厳しいらしい。そんな貧乏旗本に声をかけ、屋敷の二部屋ほどを借りるようにしているのだという。もちろん真夜中に部屋を二つ貸せなどと言われれば何に使うのかなど想像がつくところだろうが、武家であっても背に腹は代えられないのだろう。

「まあ、金っていうのは便利だからねえ。って、これァあのお人の受け売りだがね」

黒髭のその口ぶりには、どこかよそよそしいものがあった。たぶん、今口にした言葉を自分のものにしていないからだろう、と次郎吉はぼけっとした頭で考えていた。

その屋敷の門をくぐって通された部屋に入ると、見慣れた光景がそこに広がっていた。賭場だ。

しかし、盆は作られているものの、そこには客も壺振りもいなかった。この刻限なら間違いなく壺振りが始まっているはずだ。今日は休みなのだろうか。

訳もわからずきょろきょろしていると、縁側に、男がひとり腰掛けているのが目に入った。

月を見上げるような格好で座るその男は、右脇に箱を携え、右手に煙管を持っている。ということは、右脇の箱は煙草盆だろう。やや撫で肩で華奢《きやしゃ》な感じのする体つきは職人といった風情ではない。しかし、その背中から醸される不可解な気配は、こちらの心胆を寒からしめるに充分だった。

なんでえ、こいつァ。

しかし一方で、次郎吉はこの男の後ろ姿を見たことがあるような気がしていた。だが、どこで――？

何も言えずにいると、横の黒髭がその男に声を発した。

「お連れしましたよ」

「あー、ご苦労」

そうして、その男はこちらを振り返った。その瞬間、思わず次郎吉は声を上げてしまった。

しかし、男はその声を咎《とが》めることはなかった。

「すみませんねえ。ちょいと事情があってこんななりをさらしちまってるんですよ。驚くのも無理からぬことです」

その男の顔の左半分には大きな火傷《やけど》があった。

「いや、すんませんでした……」

しかし、次郎吉が声を上げたのは火傷痕に驚いたからではない。

確かに顔の左半分は焼けただれて面影はない。しかし焼け残ったもう片方の顔は、間違いなくかつての顔見知りの顔に他ならなかった。

その火傷顔の男は顔を歪めた。

「お初にお目にかかります。あたしァ呉兵衛といいます。以後お見知りおきを」

知っている、とは言えなかった。

呉兵衛。

かつての記憶が蘇《よみがえ》る。あの、人を人と思わない悪辣な呉服屋。お里一家の借金証文を手に入れ、それを楯《たて》にお里に結婚を迫った卑怯な男。

忘れたくても忘れられるはずがない。ずいぶんとなりは変わっていた。昔はびっちりと整えていた本多髷も、今は崩れかかっている。昔は洒落者《しやれ》を地で行くような着こなしをしていたのに、今や地味な紺の着流しをまとっているだけだ。だが、この男の芯はまるで変わっていない。

もっとも、向こうはこちらのことなど覚えていないようだった。それが証拠に、焼け残った右半分の顔はまるで表情を変えることがなかった。

「あんたの名前は？」

ああ、こいつは俺のことを覚えていない。

そう確信した瞬間、ホッとしたのと同時に肚の底が煮えたぎるような不思議な感覚に襲われた。

しかし、それを呑み込んだ次郎吉は短く名乗った。

「次郎吉でェ」

「次郎吉さん、ねえ」呉兵衛はにっこりと笑った。「しかし、あの長屋にこんなお人がいたとはねェ」

けけ、と笑って黒髭は頷いた。

「いや、一年くらい前からあの長屋に住んでたみたいなんですけどねェ、最近まであっちこっちを飛び回ってたみたいなんでさあ」

「なるほど……？」

にたりと笑った呉兵衛は、ゆっくりと次郎吉のことを見据えた。その目は冷たく冴えわたり、さながら氷のようだった。

「次郎吉さん、でしたねえ。あんたは――金は好きですかい」

「大好きだ」

即答した。

「なぜですね？」

「なぜって、訊かれるまでもねえや。金があれば何でも買える。人の身代、死にかけの人間の命から幸せな人生、なんでもかんでも買えらァ。金は大好きだ」

そう言い切って、次郎吉は心中で、あ、と声を上げた。口にしたことを心から信じている次郎吉だが、これはかつて、目の前の男が得意満面に口にしていたことではなかったか、と。そして、気づけば自分が目の前の男と同じ考えに染まっていることに気づいてしまった。

はは。

それを聞いて笑ったのは呉兵衛だった。

「面白いですね。そうですよねェ。不思議なもんで、金ってェのは唸るほどあるとうんざりするのに、なかったらなかったで心許ねェもんですからねえ。金が嫌いだ、っていう奴に限って金持ちなのが世の習いってものです」

手に持っていた煙管の吸い口を口元に近づけて、がり、と音を立てて噛んだその呉兵衛の顔には、恐るべき魔が潜んでいた。その魔の香りにあてられて、次郎吉は思わずのけぞった。

かかか、と笑いながら口の端から紫煙を吐き出す呉兵衛は左頬を――己の火傷痕を――なぞった。

「あたしも金は大好きですよ。でも、何でもかんでも買えるものでもありませんがね。そう、たとえば、いくら金を積んでもこの崩れた顔はもう治りゃしません」

さっきまで口元から漏らしていたのが、この男なりの自嘲であることにようやく気づいた。

だが。次の瞬間に飛び出したのは、自嘲などというものとはまるで異質の、狂気の言葉だった。

「だが、金があれば他人に取り返しのつかない傷をつけることはできる。金で人を雇って腹をちくっと刺してやれば、そいつは一生腹に傷を残した人生。気に食わない奴に金を積んで手に入れた毒を飲ませれば、そいつは一生口元からよだれを垂らしっぱなしで天井を見上げる人生。そして、金をちらつかせて女を奪えば――許嫁の男は一生惨めな人生」

吸い口を嚙み壊さんばかりの勢いで口を動かす呉兵衛は、狂気の宿る目を次郎吉に向けた。いや、目の焦点がたまたまこちらに合っているだけで、実際には次郎吉のことなど見ていないのかもしれない。もしかするとこの男は狂おしい己を抱えたままでいるだけかもしれない。

「金があれば何でも奪うことができるんですよ。わかりますか、次郎吉さん」

「は、はあ」

生返事をする次郎吉などもはや眼中にない。ケタケタと笑いながら舌なめずりをした呉兵衛は、ぴたりと笑うのをやめて手をひらひらと振った。

「じゃ、ご苦労さん。もう帰っていいですよ」

「は？」

「何度も言わせないでください。もう帰れと言っているんです」

まるで猫を追い払うかのように手を振った呉兵衛は、ふらふらした足取りで元いた縁側に胡坐をかくと、煙草をふかしはじめてしまった。

すると黒髭が次郎吉の袖をちょいちょいと引いた。

「もう帰ろうじゃねえか」

「え、あ、ああ」

「……あの人ァ気が変わりやすいんだよ」

声を震わせて、黒髭は首を振った。

なるほど。次郎吉の姿が見えぬが如くに煙草をふかしているのを見るにつけ、狂人の類だという思いを強くした。

だが――。

これはこれでよかったといえる。

呉兵衛はこちらに気づいた様子はない。このお目通りは、最近裏で名を上げている親分への仁義切りだ。そう思えば何の不審もありはしない。

一抹の不安を覚えつつも、あえて次郎吉はその不安を振り払った。

次の日の昼、次郎吉は吉原にいた。

もちろんその目的はお里だ。白粉《おしろい》の香りも男たちの喧騒も次郎吉にとっては遠い夢物語でしかない。この町はすべてが幻だ。ここに現《うつつ》なんてありはしない。だが、お里だけは例外だ。この、菊人形がのろのろと動き回っているかに見える町にあって、お里だけは唯一血が通っているという実感を持てる人間だった。

そして、いつものようにお里のいる見世の格子の前に立った。

しかし、今日もお里はいなかった。

また座敷に上げられているのだろうか。

最近、見世の主人が言っていた。〝お里には懸想している客が多くついている〟と。

今日もそうなのだろうか。

そう訝《いぶか》しんでいると、見世の戸が開いた。そうして出てきた女の姿に思わず次郎吉は息を呑んだ。

お里だった。

座敷に呼ばれているのだろうか、下駄を履かされていつもより綺麗な遊女装束で飾り立てられているお里は、長い袖を振りながら表通りへと歩いていく。

「おい、お里……」

そう声をかけようとして、思わず次郎吉は口ごもってしまった。声をかけるのがはばかられるくらいに目の前を歩く女は綺麗すぎた。そして、この町の誰もがこの女の内側から溢れる美しさに気づかないことに悔しい思いを抱いた。

そして、お里から発される気に圧《お》されて、思わず次郎吉は物陰に隠れてしまった。

そうこうしている間にも、お里は供の者を引き連れて茶屋が並ぶ一角へと向かっていった。

隠れていた物陰から身を起こした次郎吉の心中に、ある思いが湧いた。

あのお里に懸想している客ってェのはどんな奴だ?

一度顔を拝んでおきたかった。最後は俺が請けるとしても、今お里のことを助けている男の顔を拝んでおいてもいい、そんなことを思った。

そして、そう決めるが早いか、次郎吉はお里の跡をつけていた。

お里は吉原の町をゆっくりと練り歩いている。その遅い足取りのおかげで見失うことはない。そうやってお里が入っていったのは案の定、吉原でも結構な格を誇る茶屋だった。

しかし、この茶屋は、昔次郎吉がいろいろとやらかして出入り禁止を喰らっている店だ。

だが。

泥棒を舐めるんじゃねえや。

表口から入れないなら裏口から入ればいいだけのことだ。次郎吉は裏路地に回った。

その茶屋の建物を左手にぐるっと回るうち、背の低い板塀が続く一角に突き当たった。人の背くらいしかない塀なんぞ、何の障壁にもならない。すうと息を吸って板塀の天辺に手を掛けると一息に飛び越えた。

そうして中に入り込んだ次郎吉はすぐに屋敷に上がった。一度こうして入ってしまえば、ほぼ見世の者どもにばれることはない。

あとはお里を捜すだけだ。

しかし、いくら廊下をウロウロしたところで仕方がない。お里がこの茶屋に入ってからしばらく経つ。きっともう客について酌でもしているはずだ。

どこにいる……？

しかし、捜すための手段などそう多くはない。ばれないように襖を開いてみるしかない。一階部分のすべての部屋の戸を開いてみたものの、そこにお里の姿はない。

ってことは――。

次郎吉は二階へと続く階段を見上げた。

この茶屋は二階を借りるほうが高い。しかも表通りに面した欄干のある部屋などは、大商人でもそうそう借り上げできないほどだという。

軋む階段を上って二階に立った次郎吉は、泥棒稼業で鍛えた抜き足をしながら廊下を抜けていく。そして一部屋一部屋、襖を少し開いて中を改めた。

しかし、どの部屋にもお里はいない。

どこだ、どこだ。

そしてついには欄干のある部屋だけを残してしまった。

おいおい、本当かよ。お里を呼んだ客ってェのは……。

恐る恐る、部屋の襖をちょっと開いてその隙間から中を覗き込んだ。

やはり、というべきか、意外なことに、というべきか。そこにお里はいた。もちろん一人ではない。お里が座って銚子を傾けるその横には、一人の男が座っていた。

決して年嵩《としかさ》ではない。むしろ齢は次郎吉と同じくらいだ。しかし、その男にはまったくと言っていいほど邪気がなかった。赤ら顔で薄く微笑むその男は、そのまっすぐで幸せそうな温かな笑顔をお里に振り向けている。何か冗句でも言っているのだろうか、横のお里は赤い袖で口を隠して肩を震わせている。

その楽しげな空気が許せなかった。

今すぐこの襖をぶっ壊して中に転がり込んでやろうか。そう思わないでもなかった。

しかし、そんな次郎吉の思いは、突然背中を叩いてきた手の存在によって阻まれた。

しまった！

どうマシに見積もったって今の次郎吉は出歯亀野郎でしかない。あーあ、こりゃもしかすると一悶着あるかもしれねえなあ……と覚悟を決めて振り返ると、そこには意外な男が立っていた。

「あ、え、なんであんたがここに」

「なんで？　何言ってるんですか。金持ちがここにいてもおかしくないでしょう」

そう皮肉っぽく言って右半分の顔を歪め、左半分の火傷痕を指でなぞるのは――呉兵衛だった。

「覗き見なんて、いい趣味とは言えませんねえ」

「まあな、そんな趣味はねえんだが、な」

「この中にいる女に用があるってことですか。鳶の次郎吉さんよォ」

また身を固くした。

昨日、呉兵衛とはほとんど会話を交わしていない。その中でかつて次郎吉が鳶をしていたということは話題にのぼっていないはずだ。黒髭から聞いた？　いや、そんなはずはない。あいつがいつからあの長屋に住んでいるかは知らないが、ああやって妙につるみはじめたのはここ数か月のことだ。その間、自分の前職なんて口の端にも乗せたことはない。

どういうこった。

「なんで、知ってる？」

「知ってるもなにも、あたしはかつてこの部屋にいる女と祝言を挙げようとしてたんですから。そしてあんたはその女に懸想してたんですからねェ」

すべて露見している。

まずい。

次郎吉はこの場から逃げ出したい衝動に駆られた。狂おしいほどの喉の渇きを覚えながら目の前の男を睨んでいると、意外なくらいに呑気なことを言ってきた。

「まあ、立ち話もなんです、おごってさしあげますから飲もうじゃありませんか」

そう言って、呉兵衛はくいと顎をしゃくった。逃げたい気持ちでいっぱいだったが、呉兵衛の肚の内がまるで読めず次郎吉はその誘いに乗った。否、乗るしかなかった。

通されたのは、お里たちのいる部屋の近くの八畳間だった。二階の部屋。この茶屋にあっては二番目に格式の高い部屋だ。

部屋に入りどっかりと真ん中に腰を下ろすや、呉兵衛は煙草盆を引き寄せて煙管に火をつけた。そしてぷかぷかと煙を口から吐くとようやく、立ち尽くしたままの次郎吉に座るよう勧めてきた。

「さて、どこから話しましょうか」

煙草の煙を吐きながら、次郎吉に杯を勧める呉兵衛。杯を受け取った次郎吉はそのまま酒を受けた。

「――あんた、あれから何があった？」

「何が、ですか。ああ、あんたはどこまで知ってるんです？　あたしの呉服屋の蔵から火が出た話は知ってるんですか？」

もちろん知っている。というより、あの火の原因を作ったのは次郎吉だ。しかし、もしかして、俺があの時の泥棒だったことに気づいてるのか？　そう内心びくびくしながらあえて知らないふりを決め込むと、顔をしかめた呉兵衛は続けた。

「あれァ、あの売女と祝言を挙げようっていう直前のことだったなァ。あの頃はあたしも表を肩で風切って歩く、そりゃあもう格好いい商人でしたねえ」

「ばいた、だあ？」

「おおっと失言。言葉の綾ってもんです」

左頬の火傷痕を手でさすりながら、呉兵衛は化物のように口角を上げた。

「どこまで話しましたっけか……。ああ、あたしが格好いい商人だった、ってとこまでですか。いやああの頃は楽しかった。小判で頬を叩けば、武士だろうが商人だろうが職人だろうがひれ伏すんです。これ以上面白いことはありませんでした。あんまり楽しすぎて、奉公してた店の婿養子に入ってすぐに妻と舅《しゅうと》に毒を盛って殺して、全財産奪っちまったくらいだ」

だが。呉兵衛の火傷痕が充血しはじめた。

「あの泥棒どもに、あの火事だ。あの火事のせいですべておじゃんですよ。たっぷり貯め込んでた金もどっかに消えてしまった！　掻き集めていた借金証文も多くは燃えてしまった！　近くの店にも火が回りましたからねえ、その補償をするために、のれん分けの店も手放さざるをえなかった。んで気づけば顔半分火傷の素寒貧が路頭に迷ったってわけです」

あれ？　おっかなびっくり話を聞いていた次郎吉は小首をかしげた。呉兵衛は俺が火付け泥棒だったことに気づいていない？　しかし考え直す。思えばあの時、ほっかむりで顔を隠していたはずだ。それに、顔を合わせたのは一瞬のことだ。とっさのことではとんど泥棒の顔を覚えていなかったとしても不思議はない。

そう納得した次郎吉の前で滔々《とうとう》と語る呉兵衛の顔には、不思議と悔しさは滲んでいなかった。

「そんなわけで、裏の道に入ったんですよ。もう表の道を歩いてはいられなかったですからね。それにしても、裏の道っていうのは楽しいですねえ。何してもいいんですから。その辺の貧乏人を脅して追い剝ぎをしたのが振り出し。んで、その奪ったものを元手にして仲間を増やしていって、今はこうして賭場荒らしと縄張り奪いで身を立てているんです。あの頃と同じ、いや、あの頃よりよっぽど儲けてますよ」

ああ、そうか。

目の前の男が持つ魔について、ようやく次郎吉は納得がいった。きっとこの男は裏の道に魅入られている。表の道を歩くにしても裏の道を歩くにしても、その道を歩くのに向く人間と向かない人間がいる。目の前にいるこの元悪徳商人は、裏の道を何の後悔もなく鼻歌まじりで駆け抜けることができる男なのだろう。

呉兵衛は続ける。

「正直言えば、あの女がどうなろうが知ったことではありません。ってよりは、なんであんな女に懸想したのかわかりません。が、あの女が一人で幸せを摑もうとしてやがるのがどうにも癪《しゃく》で」

「幸せ、だあ？」

いつの間にか目の前の男の火傷痕が充血しきっている。真っ赤に色を変えた火傷痕は、さながら地獄の業火のように揺らめいている。

「ああ、あいつ、近々身請けされますよ」

「本当かよ」

「噓ついてどうします。――相手は、今あの女が相手してる奴」

廻船問屋藤木屋の主・又左。最近父親が死んだため店を継ぎ、のんべんだらりと主人の座に座っているぼんぼん。それが呉兵衛の評だった。

あいつが――。さっき襖越しに見た何の屈託もなく笑う男。苦労など何一つ知らず、世の中に暗いところなど何一つないと信じている。そんな野郎の顔が頭をかすめて嫌な気分に襲われた。

「数年前からあの女に懸想してたらしい。これまでは親の手前、あんまり手元に金がなかった。だが、自分が主になっちまったもんだから身請けするって大騒ぎしているみたいでしてね。結構な馬鹿で、女衒やら見世やらの口車に乗って、相場の倍もの身請け金を払わされるらしいですよ」

ってことは、だ。次郎吉は足りない頭で考える。今から金を集めたところでどうにもならないということだ。もう既に身請けの約定が結ばれてしまっていて、しかも破格の条件ともなれば、今更女衒や見世側を翻意させるのは難しいだろう。

目の前の呉兵衛は火傷顔をこちらに向けた。

「そこで。あんたとあたしにァある種の利害の一致があるんですよ」

「は？　どういうこった」

「藤木屋を乗っ取りたいんですよ、あたしァ」

音を立てて酒を飲み干した呉兵衛は、煙草の吸い口を口元に近づけてしばらく吸い、煙を何度も吐き出した。

「乗っ取る？　藤木屋を？」

「聞いてくださいな」

手酌をしながら呉兵衛が語るところによると——。

今、藤木屋は金回りがいいように見える。だが、実際には、中は問題だらけだろう。親の跡を継いで主になった二代目。それを手代や番頭たちが快く思っているはずはない。忸怩《じくじ》たる思いで新しい主人を見ている者も多かろう。

「今、戦ってェのは武士ではなく、商人がやってるんですよ。それこそ互いに野心と憎悪をぶつけ合ってね」

愉《たの》しそうに顔を歪めつつ、呉兵衛はまた杯に口をつけ、口元を袖でぬぐった。

「結局、今の藤木屋は一枚岩じゃない。ゆえに、どっかに楔《くさび》を打ち込めばそのまま崩れ落ちる。んで、崩れ落ちたおこぼれをあたしがいただく。そう大変な仕事じゃありません」

「で、なんであんたと俺の利害が一致するんだよ」

「まあ聞いてください。──藤木屋を崩すには、又左の凋落《ちょうらく》こそ一番都合がいいんです。あたしは藤木屋を崩すため、そしてあんたは又左が請けようとしている女を横取りするため──。目的は一緒です。手を組む価値はあるのでは?」

呉兵衛の話を聞いているとそんな気がしてきた。

というより、あの又左とかいう野郎に対してふつふつと怒りが湧きはじめた。金を使ってお里を請けようとするたあ、どういう料簡だ。あれァ俺の女だぞ。

だが。次郎吉には一つ気がかりがあった。

「なあ、あんたは又左を除くっていうが、そいつはいったいどうやって──」

が、その瞬間、呉兵衛が牙を剝いた。

「それ以上は聞かないほうがいい。あたしたちの仲間になるって決めてからのほうがいいんじゃないでしょうか?　じゃねえと、事と次第によっちゃお魚さんたちの餌になっちまいますよ?」

ここまで聞いて、大体の想像がつかないではない。この一言は、呉兵衛は殺しさえも己の手段に含んでいるということを示している。次郎吉に対してすると明言していることを、又左に対してしないなんてことはあるまい。

もっとも。呉兵衛は笑った。

「もっとも、今決めてくれないと、帰り道で辻斬りに遭いますよ」

「つ、辻斬り?」

「ああ、流行っているじゃあないですか。後ろからバッサリ、ってなやつ。最近じゃあまりに件数が多すぎて、町奉行所も匙を投げてるって噂だ」

ニタニタと相好を崩す呉兵衛の後ろに恐ろしいものが控えている。それに気づかないでもない次郎吉は、その言葉の意味を理解した。

だが――。

「いや、悪いけど、俺はそれには乗れねえや」

「へえ、乗らない、と」

「ああ、他を当たってくんな」

次郎吉は杯を畳の上に置いて立ち上がった。すると呉兵衛は煙草をふかしながら、ぽつりと口を開いた。

「なんで断るんです？」

「さあね」

次郎吉にさえもその理由はわからなかった。結局のところ自分が馬鹿だからなのだろう、という気がしている。お里を身請けなんてできない。又左さえいなくなればお里の身請け話は白紙に戻される。そうなれば、また次郎吉にもいい目が回ってくる。だが、その目がやってくるためには、飛び越えなくてはならない深い闇がある。そこを越えたら本当の悪党だ。

と思い起こして、次郎吉は気づいた。まだ自分は堕ちてないと思っているということに。

んなわけねえのにな。

と、そんな次郎吉の心中を見透かしているのか呉兵衛がまるで狐のように口角を上げた。

「――又左が憎くないですか」

「は?」

「又左ってェのは生まれながらの金持ちだ。本人にァ何の才覚もありゃしないくせに、たまたま家が金持ちだったからって、いいご身分だ。あたしァね、そういう連中に一等腹が立つんですよ。あたしァ食うや食わずの貧乏百姓の末っ子がふりだしですから」

又左はふりだしからして違う。そう呉兵衛は言った。

「ありゃァイカサマですよ。言うなれば皆が一つサイコロを振る中、あいつだけ三つサイコロを振っていいってひいきされてる双六《すごろく》みたいなもんです。もちろん、あたしの商売の関係もありますがね、あたしァあいつのことが許せない」

呉兵衛の瞳がどす黒く光る。その瞳の深淵から次郎吉を覗き込んでくる。

「あたしと一緒にあの野郎をぎゃふんと言わせませんかい」

心の臓を鷲摑みにされるような心持ちがした。

そうだ。あの野郎が何でもかでも手に入れているのは、あいつの頑張りの結果じゃあねえ。親の遺した金のなせる業じゃねえか。

糞が。黒い感情が頭をもたげ、一瞬で全身を支配した。

次郎吉は頷いた。

「仲間に加わるぜ」

「面白いお人だなァ。――いったいどんな風の吹き回しで」

「俺ァ、悪党だってようやく気づいたんだよ。どうせ地獄の釜に浸かるって決まってるんだ。だったら今更何をしたって関係ねえって話だ」

「はは。面白いですねェ」

手を叩いた呉兵衛はふう、と煙を吐き出した。

「数日したら使いを寄越します。それまでちょっと待っててくださいね」

「わかった」

一つ頷いた次郎吉は廊下に出た。その瞬間、隣の部屋から、女の嬌声が聞こえた。お里だろうか。そう思えば思うほど、奥歯が軋む音をどこか遠くに聞く次郎吉がいた。


なんとなくやることがなくて、次の日の朝、次郎吉は七兵衛の家に顔を出した。

いつものように、医学書だろうか、難しい漢字が表紙に躍っている本を読んでいた七兵衛は、次郎吉に気づくと本を伏せてこちらに向いた。

「久しいな。元気にしていたか」

「あ、ああ」

最近泥棒に入っておらず七兵衛には金を渡していないし、お冬が死んでからというもの薬を分けてもらうこともなくなった。さらに賭場に顔を出すこともなくなったから、七兵衛に会うのはずいぶん久しぶりだった。

「どうした、怪我でもしたか」

「いや、たまたま近くに来たからよ。顔を見に来た」

「ほう、お主にしては殊勝なことだ」

七兵衛は何も変わっていなかった。町医者としての穏やかな物腰の背後に、泥棒という闇の匂いをまとわせてその場に座っている。

次郎吉がその辺に腰を掛けたその時、外から人が雪崩《なだ》れ込んできた。血相を変えて飛び込んできたのは町人髷をいなせに結った若い男だった。

「すまねえ、ここのお医者っていうのは……」

「わしだが」

七兵衛が名乗り出ると、その若い男は少し表情を緩めた。しかしまたすぐに青い顔を浮かべて、診てほしいんだ、と言い放ち、後ろに続く仲間に顎をしゃくった。そうして戸板で運ばれてきたのは、うーうーとうめく男の姿だった。年の頃は次郎吉たちと変わらない。恐らくは町人だろう。着流し姿のその男には、背中に大きな傷が横一文字に流れており、そこから夥《おびただ》しい血が溢れている。

これは……。

七兵衛も息を呑んでいると、若い男は、道を歩いていたらこの人が倒れていたんだ、と言った。

その瞬間、七兵衛は叫んだ。

「おい次郎吉！　酒屋に行って焼酎を買ってこい！」

「え、でも金ねえよ」

「くれてやるから早くしろ」

「お、おう」

そうして焼酎を急いで買って帰ると、七兵衛はその瓶を受け取るや、呻き続けている男の背中の傷に、口に含んだ焼酎を噴きかけた。男は身をよじらせてうめくが、それでも七兵衛は容赦しない。

「もっと痛い思いをするからな。少し我慢しろ」

医者としてその言いっぷりはどうだろう、と呆れ半分に見ているうちに、七兵衛は焼酎を皿の上に垂らした。その中には縫い針と細い糸が入っている。その針を手にとった七兵衛は、その針先を傷口近くに宛てがった。そうしてびっくりするほどの早業で傷口を縫い合わせ、その口を塞いでみせた。患者は悲鳴を上げる暇もなかったくらいだ。

「これでいい」

焼酎に浸した木綿布を傷口に当てて晒《さらし》を巻いた。

「おい、起きてるか。起きてるなら聞いておけ。傷を早く治したかったら、木綿布を一日に一回交換しろ。焼酎に浸すのを忘れずにな」

うう、と男は呻いた。

すげえ。戸板で家まで運ばれていく男を見やりながら次郎吉は目を剝いた。もちろん次郎吉は医者ではない。医術なんてものはまるでわからないが、それにしても七兵衛の持っているこの技術は、その辺の町医者なんぞをはるかに超えていることは素人目にもわかる。じゃあ、どうして——。どうして七兵衛は町医者なんかに甘んじているんだろう。そんな疑問ばかりが湧く。これほどの腕なら、召し抱えの話だってあるはずだ。しかし、この七兵衛は誰にも仕えようとせず、こうして町医者のままでいる。それどころか、泥棒をして稼ぎを得ている。

今更だが何でなんだろう……。

そう首をかしげていると、戸がまた開いた。

「おやおや、今日は千客万来……って、なんだお前か」

「なんだとはご挨拶だねえ」

そう不満を口にしながら入ってきたのは亀蔵だった。帳面と矢立を手に入ってきた亀蔵は、表を指した。

「あのお人、辻斬りに遭ったっていう人ですかい」

「辻斬り？　ああ、そういえばそうだな」

「そういえば、って……。七兵衛の旦那はお気楽だねえ」

「逆だ。ようやく傷口の縫合が終わったんだ」

手拭いで手を拭く七兵衛は、思い出したように口にした。

「あの傷は刀傷だったな。しかも相当の手練《てだ》れと見た。逆に縫い合わせやすく助かったが」

「ああ、だろうねえ」

亀蔵は筆の尻で頭を掻いた。

む？　と七兵衛は顔をしかめる。

「その言い方だと、何か知っていそうだな」

「ああ、まあね。旦那たちにはお話ししようかね」

と、亀蔵が語り出したところでは――。

ここのところ江戸に出没する辻斬りはただの辻斬りではなさそうで、もしかすると何がしかの組織が絡んでいるのかもしれない。なぜなら、いつまで経っても辻斬りが捕まる様子がない。

「奉行所もいきり立ってるみたいだ。お奉行様がご老中に怒られたって話もちらほら……。だから同心やら目明し連中は網を張って調べ回ってる。でも、どうにも見つからないって大騒ぎしてるのが実情でさ」

「お奉行所が……。確かに面妖だな」

小首をかしげる七兵衛の横で、一人次郎吉の心の臓は高鳴りをみせていた。

呉兵衛だ。根拠はない。だが、次郎吉の脳裏を奴の顔がかすめている。あいつが辻斬りを世に放ち、逃亡まで手引きしている。しかしなぜ?

「おい次郎吉」

七兵衛に肩を叩かれる。慌てて振り向くと、七兵衛はゆっくりと首を横に振った。

「今、〝仕事〟はしていないんだろう?」

泥棒稼業のことだ。ああ、と頷くと、七兵衛は続けた。

「今はやめておけ。辻斬りに遭いたくなければな。しばらくは――いやこの際、〝仕事〟から足を洗ったらどうだ。この前の〝仕事〟で随分金は入ったんだろう? ならしばらくは飢えることもあるまい」

これからやろうとしているのは仕事じゃない。取り戻すべきものを取り戻すための——戦いだ。

「ああ、まあ考えとくよ」

「——そうか」

七兵衛はそれ以上の追及をしてこなかった。

その代わりに、糸のようなため息をついた。

「まったく、ここのところ悪い話ばかりでいけないな。もっと暮らしやすくなれば、辻斬りもなくなろうしあぶれ者もいなくなるだろうにな」

「——ああ、そうだね」

頷きはしたものの、あまり納得ができなかった。

世の中がよくなれば悪い奴はいなくなる？　まあ、もし仕事が溢れる世の中になれば、真面目に働こうって奴は増えるかもしれない。だが、一度世の中から「要らない」と言われた連中は、その心の傷を抱えたまま、ずっとこの浮世を漂うだけだ。はっきり言えば、今更必要だなんて言われたところで、「どの口がそれを言ってんだ」と殴りつけてやりたい。

じゃあ、俺のこの数年間は何だったんだ。俺はもう手を汚しちまったよ。そう思うのは、次郎吉自身がそういう思いを抱えて彷徨っているからだろう。

と、亀蔵は首を横に振った。

「旦那方、そいつぁちょっと見通しが甘いんじゃねえかね。かの石川五右衛門だって、〝世に盗人の種は尽くまじ〟って詠んでる。悪党なんてェのは、時代の良し悪しに関係なくいるもんさ」

「ほう」

感心した、と言いたげな七兵衛の表情に、亀蔵はおどけてみせた。

「いや、悪党が絶えた世の中じゃあ、俺みたいな瓦版の辻売りは成り立たねえもんでね。悪党たちに是非とも世の中を荒らしてほしいもんだよ。たとえば、あの義賊・鼠小僧とか、ね」

ちらりと次郎吉を一瞥して亀蔵は続ける。

「いやあ、鼠小僧が話題になった頃は本当に瓦版がよく売れたんだよなあ。特に松浦静山公との対決のくだりは本当によく売れてなあ。しばらく働かなくてもいいくらい売れたぜ」

次郎吉もそれは間近に見た。連日のように辻売りが鼠小僧の記事を投げ売った。そしてそれを奉行所の人間が見咎めるや、辻売りたちはそそくさとその場から離れてしまう。

やがてほとぼりが冷めたらまたそこで瓦版を売り、また奉行所の人間とのいたちごっこになる。そんなことを延々と繰り返すうちに、鼠小僧対松浦静山の戦いの顚末《てんまつ》は江戸中の噂になった。もっとも、こうやって大きな噂になってしまったことが次郎吉の〝仕事〟に影響していないでもない。

だが――。

七兵衛が声を上げた。

「あまり、そういうことを言うな。瓦版のネタは他にもあろうに」

「ああ、そうだね。だからこそ、今回の辻斬りをネタにしようと思ってるんだ」

「ほう?」

「今回の辻斬り、どうも裏にきな臭いものがあるみたいで」

次郎吉は会話に割り込んだ。

「亀蔵、その件、関わるな」

「え?」

驚いた顔を浮かべたのは亀蔵だけではなかった。七兵衛までもが不思議そうな顔をして次郎吉の顔を覗き込んできた。

「次郎吉の旦那、もしかしてなんか心当たりでもあるのかい、あの辻斬りに」

知っているとは口が裂けても言えない。

「いやいや、そういうこっちゃねえよ。どっちにしたってだんびらを振り回す連中だ。死にたくなかったら関わるな、って話だよ」

「はは、心配してもらって悪いな」

ケロケロと亀蔵は笑った。

そうやって亀蔵の視線はごまかせた。だが、七兵衛の目からは疑惑の色が消えない。そして、この男を前にしていると、いつかは肚の底に抱えているものを見透かされそうな気がした。

「——あー悪い。俺、もう行くわ」

「……そうか」

七兵衛はそれ以上何も言わなかった。

しかし、未だに疑惑の視線を向けてくる。その視線に追いやられるようにして次郎吉は外に飛び出した。

町を歩きながら、次郎吉はため息をついた。やっぱり、辛《つら》いなあと。

そういえば、江戸に帰ってきてしばらくは楽しかった、ような気がする。だが、最近はまるで面白いことなんてない。江戸という町に、目に見えない真綿でできた天井があって、その天井がどんどん降りてきているような気がする。真綿だから潰されやしないだろう、そう見えて、実際には水を含んだ真綿はひどく重い。おそらく、あの目に見えない天井が落ちてきたその時、俺は息が詰まって死ぬんだろう。そんな気がしている。

そうして空を睨んでため息をついていると——。

「おお、久しいではないか」

突然かけられた声に驚いて視線を元に戻すと、そこには松浦静山がいた。いつも通り武家髷を隠そうともせず大小をこれ見よがしに差している。しかし、供回りの者はいなかった。

「あ、おう……」

あの時以来だ。どういう顔をして頭を下げたらいいものか悩んでいると、それを察したか、静山はかかと笑って次郎吉の肩を叩いた。

「構わぬ。鷹狩りの際に取り逃した兎を恨むは筋違いというものよ」

静山は次郎吉の姿を上から下まで舐めるように見やり、ふうむと呟いた。

「そういえば、最近〝仕事〟をしていないようだが」

「できるかってんだよ。あの件で仕事がさらにやりづらくなったよ」

「そうだろう、そうだろう」

満足げに静山は笑った。

「当たり前だ。これが目的なのだからな」

「なんだと?」

「そりゃそうだろう? お主を野放しにしておくわけにはいかぬゆえ、この老骨が芝居を打って江戸中にお前の存在を示したわけだ。さすれば、お主は仕事ができなくなる。そう思ってな」

ふん。次郎吉は鼻を鳴らした。

「だったらなんであの時、俺を捕まえなかったんだよ」

「うむ?」

「おかしいじゃねえか。あんたは俺との約束を守る必要なんてない。あの時、俺を捕まえてもよかったはずだぜ。なのにどうして俺を逃がした」

すると、静山は顎を撫でまわしながら次郎吉の顔を覗いた。そして次郎吉の腹の辺りを拳骨で叩いて楽しげに笑った。

「お主、馬鹿なふりして案外鋭いなあ」

「へっ」

「まあ、なんだ。わしがお主を逃がしたのは、殺すまでもあるまいと思ったからよ。お主の盗みはささやかなものだ。旗本はまだしも、大名からすれば二十両の金なんぞ痛くも痒くもない。家臣を手に掛けることもないしな。人畜無害な、まさに鼠よ」

褒められているのかけなされているのか判然としない。しかしこの言葉の意味を特に口にすることなく、静山は話を先に進めた。

「それに、死んではつまらん。面白おかしく、楽しく生きたらどうだ」

心中に冷たいものが走った気がした。

「楽しく人生を生きるにァ」

「む?」

「結構な金と身分が必要なんだぜ」

ああ、と静山は頷いた。そういうものかもしれぬ、と。

でも。次郎吉はつい訊いてみたくなった。あんたにどこまでわかるってんだ、と。そりゃああんたはいいだろう。左団扇の生活だ。でも俺は違う。ただ生きるためにあくせくしている俺が、一体どうやって金と立場を手に入れればいい?

馬鹿馬鹿しい。

次郎吉はかぶりを振って、静山に頭を下げた。

「んじゃ、悪いけどよ、俺ァこれで」

「あ、もう行くのか。そういえば、いつもの賭場の胴元が寂しがっておったぞ。いつも派手に賭けてくれてたあの客が来なくなっちまったから金回りが悪くなっていけねえ、とな。金に余裕があるのなら、今度は賭場で会おうか」

「おいおい、お武家さんの言う科白《せりふ》じゃねえだろ」

「違いない」

苦笑いと空しげな笑いが入り混じった何とも複雑な笑みを浮かべた静山は、ひらひらと手を払うようにして次郎吉を見送った。

長屋に戻る。そしてまた床の上に転がると――。

「次郎吉さん、いるかい」

外から声がかかった。

「なんでえ」

戸口には黒髭が立っていた。しかし、黒髭はいつものぬーぼーとした雰囲気がすっかりこそげ落ち、さながらだんびらのように冷ややかで硬い表情のまま固まっていた。

「どうした」

だが、話を聞く前から次郎吉には覚悟があった。恐らくは――。

黒髭は重々しく口を開いた。

「明日の夜、ここに迎えに来る。用意しておいてくんな」

「――おう」

返事を聞くや否や、黒髭は姿を消した。

明日、か。やるしかねえ。

次郎吉の脳裏にお里の顔が浮かんだ。次郎吉の想像の中にいるお里は、目を潤ませてこちらに微笑みかけている。あの笑顔を自分のものにするために、俺は針の山だろうがなんだろうが踏み越えてやる。たとえ、その挙句に他人を不幸にしようが知ったこっちゃねえ。

立派な悪党だ。力なく、次郎吉は笑った。


次の日の夜。次郎吉は仮初《かりそめ》の仲間たちと一緒に往来を隠れ歩いていた。次郎吉を入れて全部で五人。誰もが頭巾《ずきん》で顔を隠している。しかし、丸腰の次郎吉と違って他の四人は腰に長脇差を差していた。この日の頭目は、なんとあの黒髭だった。

頭巾で顔は隠しているが、黒い髭は隠しきれずに頭巾の端から覗いている。他の仲間たちに目配せをしながらぼそぼそと命令を口にしていた黒髭だったが、やがて次郎吉に近づいた。

「おめえにァ、蔵にある金を盗んでほしい。千両はあるはずだ。そいつをもう一人の仲間と盗んでくれ。できるかい」

頷いた。蔵に盗みに入ること自体はいつも通りの仕事だ。

しかし、どこに盗みに入るつもりだろう。五人もの人数を募っているということは、次郎吉がこれまでやってきたような綺麗な盗みではない。他の四人がぶら下げている長脇差もそれを物語っている。

そうして闇に身を隠すようにして進むうち、ある商家の前で黒髭は足を止めた。もう行灯の火も消えているのか障子の向こうは既に真っ暗だ。一階の雨戸もしっかり戸締りされている。この界隈にはあまり来ないだけに何の店かはわからないが、かなりの間口の商家だ。恐らく大商人だろう。

ここだ、とばかりに黒髭は顎をしゃくる。そして雨戸の前に立つと、向かって左側からその枚数を数えはじめた。一、二、三、四、五……。そして、七のところで数えるのをやめてその雨戸に手を掛けた。すると、何の苦労もなく雨戸が開いた。中に、手引きする者がいたようだ。

中は真っ暗だった。先に滑り込むように入った黒髭は、腰の長脇差をゆっくりと抜く。光もないのにギラリと光る刀身、そして鞘走りの音が、真っ暗な部屋の中で弥が上にも響いた。

ようやく暗さに目が慣れてきた。うすぼんやりと中の様子が浮かび上がる。広い三和土の奥に、やはり広い上がり框《がまち》と床の間が広がっている。棚のようなものは一切ない。

これはきっと何かの問屋だろう。

商家の間取りの場合あまり庭はない。蔵も大抵は母屋とくっついている。武家屋敷のように蔵だけが独立して立っているというのは珍しいはずだ。

黒髭は手で指示を出した。仲間を二つに分け、自分は二人を率いて奥へと消えていった。そして次郎吉は、もう一人の男とこの場に取り残される格好になった。背が高く細身のその男は既に長脇差を抜いており、覆面では隠しきれない目に不穏な殺気をちらつかせている。

行くぞ。

そう言いたげに顎をしゃくったその男は、先に歩きはじめた。

次郎吉も後に続く。

やるべきは蔵を開くこと。そして中にある金を奪うこと。

しかし――。

怒声が廊下に響いた。

前を見ると、袴に総髪というういかにも浪人然とした男が、腰の刀に手をやっているところだった。おそらくはこの店が雇っている用心棒だろう。

「何奴だ。応えぬと斬……」

その浪人の言葉は途中で消えた。というのは、その浪人の首元に深々と長脇差が刺さったからだった。何をされたのかわからないのか、目をしばたたいていた浪人だったが、痛みとともに自分の身に降りかかったことを合点したらしい。肩を震わせはじめた。しかし、その長脇差を繰り出した長身の男は、無慈悲にその切っ先を引き抜いた。悲鳴の一つも上げずに浪人はその場に崩れ落ちた。

「弱いな」

それが次郎吉の前に立つ男の感想だった。

しかし、次郎吉は驚きを隠せずにいた。まさかこいつら、押し込みをする気だったのかよ、と。そんな次郎吉の戸惑いにすら、前の男は構うこともなかった。ふんと鼻を鳴らしただけで、さっきまで息をしていた浪人の亡骸《なきがら》を踏み越えていった。

そうして血の臭いが廊下に満ち、辺りの壁に指や髪の毛が飛び散り、床に浪人たちが転がる地獄絵図の中を進むうち、廊下の奥に目的の蔵の入り口が現れた。

すると、前を歩く長身の男が足を止めた。

どうしたんだ？　訳もわからず男の肩をつつくと、男は顎をしゃくった。

「お前の仕事だろう」

「は？」

「そう聞いているが」

なるほど。蔵を開けるために俺を仲間に加えたってわけかい。

もちろん道具は用意してある。鋸やら千枚通しやらを懐から取り出して、廊下の奥にある蔵の戸の前に立った。やはり武家屋敷と同じく物々しい錠前がついている。しかし、物々しかろうが軽かろうが、錠前の仕組みはそこまで難しいものではなかった。鍵穴に鋸と千枚通しを差し込んでしばらくかちゃかちゃといじくりまわすと、すぐに錠前は外れた。

そうして戸を開いたそのとき——。

「おお、戸が開いたのか」

にこやかに言葉をかけてきたのは、別行動を取っていたはずの黒髭だった。しかし、次郎吉は思わず声をなくした。なにせ目の前にいる三人はすっかり返り血を浴び、体中から血の臭いを振り撒いていたからだ。そして右手にぶら下げる長脇差の切っ先からは、ぽた、ぽた、と赤いものがしたたり落ちて床にたまりを作っていた。

「ということは、これは要らんか」

黒髭は何かを次郎吉に投げ渡してきた。それを受け取った次郎吉が手の中に収まるそれを見ると、そこにはひも付きの小さな鍵があった。しかしその鍵もぬめぬめとしたものによって汚れていた。

「この鍵は」

「ああ、この家の主が首から下げてたから貰ったんだよ」

普段のあのぬうぼうとした黒髭の言葉とは思えなかった。

「しかし、見事だねえ。まさかこの錠前を開けちまうとは」

「――昔取った杵柄だよ」

「そうかい」

これ以上黒髭は何も訊いてこなかった。それもそのはずで、黒髭たちはこの錠前のかかった部屋の奥にあるものに興味があるはずだからだ。四人が四人、目がそっちに向いている。

しかし、次郎吉は声を発した。

「俺ァ他のところで何かないか探すぜ」

「はあ？　何言ってるんだ。金目のものなら蔵に――」

「埃っぽいところは嫌いでね」

それ以上黒髭が詮索してくることはなかった。黒髭たち四人は蔵の奥に消えた。

次郎吉は踵を返す。

廊下には、さっきあの長身の男が斬り殺した浪人たちが倒れている。ある者は喉笛を突かれて。またある者は胸に大きな穴を空けられて。またある者はばっさりと袈裟《けさ》に斬られて。どの死体も一太刀で絶命していた。その死体の山を踏み越えて、今度は黒髭たちが通ったところを辿《たど》っていく。黒髭たちは畳の部屋を突っ切るようにしてやってきていた。畳の上には赤い足跡が残っている。そのおかげで逆を辿るのはさして難しいことではなかった。そうして血の足跡を遡《さかのぼ》り、ある部屋の戸を開いた瞬間、腹の底から不快感がせり上がってきた。

なんだよこれァ。

三人の男が横たわっている。だが、誰一人として五体満足な者はない。ある者は腕を斬り落とされ、またある者は足を斬り落とされ、またある者は耳や鼻をそぎ落とされていた。もはや人の形をしていない三体の肉塊が、真っ黒な血の海の中に浸かりきっていた。

こりゃあひどいねえ……。

江戸の裏を生きてきた次郎吉とて、こういう修羅場があることはこれまで何度も耳にしてきたし、夜中に橋の上から簀巻きにされた男が突き落とされるところも見たことがある。だが、ここまで血の臭いが溢れた地獄絵図を見たことはなかった。

と、血の海の中で、何かがもがいていた。

ねちゃねちゃと音を立てて血の海の中で溺れかけていたのは、又左だった。指の幾本かは既に失われているし、顔にも大きな刀傷がついている。しかし、目がまだ死んでいない。

「なんで俺が、なんで俺が」

そう何度も呟きながら、次郎吉のことを見上げてきた。

「なんでだ。なんで俺がこんな目に」

又左は次郎吉の足を摑んできた。三本しか残っていない指が足首に絡まる。生暖かい血の感触が怖気を誘う。次郎吉はその手を足蹴にした。

「知るかよ馬鹿」

なんで俺がこんな目に？　それは次郎吉自身が抱えている問いだった。だからこそ、目の前の男の言葉に答えることができなかった。

だが、目の前の男がどうしてこうなったかはわからないが、俺がこうしたかった理由はありありと目の前に見える。次郎吉は千枚通しを手にした。

「おめえ、俺の女を奪おうとしただろ。そりゃいけねえよ」

そして、千枚通しを深々と又左の背中に突き立てた。びくびくと体を震わせていた又左だったが、やがて、血の海の中に顔をうずめたっきり動かなくなった。

これで――。お里を身請けしようって奴はいなくなったわけだ。ざまあ見ろだ。

そして俺はめでたく、どうしようもねえクズ人間に成り下がっちまったってわけだ。殺しにまで手を染めた、とてつもねえ悪党になっちまったってわけだ。

世間は俺のことを義賊だなんだと勝手なことを言う。でも、俺は泥棒になんてなりたくなかったし、殺しなんてもってのほかだった。おめえらが勝手に義賊だなんだって言って、どうにもこうにもならねえ俺をこの泥沼に放り込みやがって。そのくせおめえらは毎日ぬくぬくと温かい布団に潜って寝るんだろう。糞が。

どうしようもないほど狂おしい思いを抱えたまま、来たところを辿り直すと、丁度千両箱を抱えて廊下を歩く黒髭たちに行き合った。

「おい、もう行くぞ。これ以上ここにいることァねえ」

そうだな、と応じ、次郎吉も渡された千両箱を肩に担いだ。そして、血の臭い溢れる屋敷を抜け出した。

とにもかくにも、これで邪魔者はいなくなった。

へへへ。

次郎吉は息を弾ませながら夜の町を走っていた。

やったぜ、これでお里を付け狙う男はいやしねえ。あとは俺が金を集めてお里を身請けすりゃあいい。となりゃあ前祝いだ。格子の向こうにいるお里の顔を見に行こう！

仕事が終わったのは深夜のことだった。千両箱五つの大戦果。それを見た呉兵衛は楽しげに頬を緩めて、今日の仕事に加わった五人に十両あまりを手渡した。飲みにでも行こうや、という黒髭の誘いを袖にして、井戸の水で体を洗ってから新しい服に身を包み、こうして吉原への道を急いでいる。

とにかく、お里の顔が見たかった。お里はどんな清水よりも清らかだ。あの顔を見ただけで、自分の汚れがすべて洗い流され、真人間になれるんじゃないかとすら思えた。

愉しいじゃねえか。

ようやく俺の人生も開けてきたぜ。

そう心中で呟いた、その瞬間だった。

裏路地から一つの影が現れた。その影に、割れた雲間から月の光が降り注ぐ。そうして明らかになったのは、黒髭の姿だった。

着流しに改めている黒髭にはまったく表情がない。ぬうぼうとして見えたのは、この男の雰囲気ではなくむしろ表情であったのだということに今更ながら気づいた。そんな黒髭の腰には長脇差が閂差しにしてある。まるで、道行く次郎吉の行く手を阻むように。

「ど、どうしたんだよ」

確か仲間と飲みに行くんじゃなかったのか。

すると、いつものののんびりした口調で黒髭は口を開いた。しかし、目は笑っていない。

「いや、やっぱり次郎吉さんと飲もうと思ってなあ」

「断るって言っただろう」

一歩一歩、黒髭はこちらに近づいてきた。いつの間にか鍔元《つばもと》を握っていた。

「そう言わんでくれよぉ」

後ろにも気配を感じた。振り返れば、一緒に押し込みに入った連中が、やはり腰の刀に手をやって包囲を狭めているところだった。

こりゃあ……。

「おい」

「へえ?」

「こりゃあ、呉兵衛の差し金かい？」

四人の包囲が狭まった頃、ようやく黒髭は頷いた。その表情に、思わず次郎吉は戦慄した。浮かび上がった表情は、呉兵衛の見せるそれだった。顔貌《かおかたち》はまるで似ていない。だが、共通する性根から漏れ出る表情というものがある。そう、黒髭の性根はあの呉兵衛と同じ、修羅のものなのだろう。

黒髭は鯉口《こいぐち》を切った。くん、という音が冷たく響く。

「まあ、そんなところだと思ってもらえば。あの人にとっちゃ、おめえは目の上のたんこぶなんだろうねえ。それに、おめえに罪を着せればこの件も逃げ切れる」

ああ、そういうことだったか。ようやく理解した。

そもそも次郎吉があの盗みに加わる必要なんてなかった。押し込みならば次郎吉の錠前破りの腕なんて関係なく、主人の又左から鍵を奪えばよかったはずだし、事実、奪っていた。

しかし、最初からこのつもりだったのだとすれば、すべて納得できる。たとえば次郎吉の家に押し込みの証拠、空の千両箱でも積んでおけばいい。そして、これ見よがしに道の真ん中に死体を転がしてやれば完成だ。あとで誰かが部屋を改めた時、貧乏長屋には似つかわしくない千両箱がいくつも見つかるという寸法だ。かくして辻斬りに殺されたと思しき男は、押し込みの下手人だったということでめでたしめでたしだ。

「なるほどね」

「わかってくれたかい」

胡乱《うろん》に刀を抜いた黒髭は、その切っ先を次郎吉に向けた。あまり流麗な動きではないが、その分凄みがある。裏を生き抜くためにこの男が体に染み込ませた剣術なのだろう。見れば、後ろの連中も既に刀を抜いている。誰もが目に殺気をぎらつかせ、今にも飛びかからんと牙を剝いている。

「やれい」

黒髭の号令が響いた。

その瞬間、三つの影が次郎吉めがけて飛びかかってきた。

糞が！

次郎吉は舌打ちして地面を蹴った。三人が繰り出してくる三本の切っ先の間には隙間があった。その隙間めがけて一足飛びで駆け、三人の脇をすり抜けた。

どんなもんでェ。

が――。黒髭はそれをすべて見通していたかのように、刀を振りかぶったまま次郎吉の前に立ちはだかった。刀を構える黒髭は、白い歯を覗かせながら確かに笑っていた。

ぎら、と青い光が次郎吉の目の裏を焼く。そして次の瞬間には左肩に激痛が走った。

ぐおっ！

何をされた⁉　いや、そんなもの見なくともわかる。斬られたに決まっている。

次郎吉の脳裏で死が踊る。閻魔《えんま》様と愉快な盆踊りを踊っている。

くそう。

次郎吉は反撃など頭になかった。ただ、逃げるだけ。

そうして飛び出そうとしたその時、確かに次郎吉の耳には黒髭の言葉が飛び込んできた。

逃がすわけねえだろ、と。

今度は背中に激痛が走る。だが、そんなことに構っている暇はない。何が何でも逃げる。逃げるとなったら逃げる。地獄の果てまでも逃げきってやる。

盆踊りをしながら迫ってくる死に追い立てられるように、次郎吉はひたすら走った。

後ろから追いすがってくる者たちの足音が聞こえる。しかし一切振り返ることはしない。振り返れば振り返るだけ、追いつかれる危険が増す。しばしそうやって足を動かしていると、今蹴っている地面の感触がなくなっていった。やがて、自分が走っているのか、それともふわふわと宙に浮かんでいるのかもわからなくなってくる。足はひどく軽い。

普段は少し走っただけで悲鳴を上げる肺腑も、痛みも感覚もなく膨らんだりしぼんだりを繰り返している。今の自分なら、それこそ本当に地獄の果てまで走って逃げられそうだった。

そうやって走っているうちに、追っ手の足音が一つ減り二つ減り三つ減りしていった。しかし、四人目の足音はまだ聞こえる。ひゅーひゅーと笛のような音を立てながらついてくるその追っ手は、きっと黒髭だろうという気がした。理由はない。ただそんな気がしただけだ。

その四人目もついに力尽きたのか、途中で足音が消えた。

しかし、次郎吉は足を止めることができなかった。後ろから追ってくるのは決して追っ手たちだけではなかった。自分をこんな境遇に追い込んだ浮世。貧乏、不遇、世間への恨み。普通に生きている連中への狂おしいまでの羨望、嫉妬。そんなものが小鬼の形を取って追ってくるかのようだった。

ふざけんな。俺に近寄るんじゃねえ。

そうどなりつけてやっても、小鬼の形を取るそれらは次郎吉を追い続ける。ぐべべべべ、と奇妙な笑い声を上げ、飯を待ちわびる犬のように涎《よだれ》を垂らしながら追ってくる。

お前たちがいるから俺はこうなっちまったんだよ。

こんなつもりはなかった。江戸に舞い戻った時、次郎吉は確かに真人間に戻ろうと仕事を探していたのだ。だが、あれよあれよという間にこんなことになってしまった。

元の木阿弥、地獄の一丁目。

次郎吉の心中に、ふつふつと怒りが湧いてきた。

なんで俺が逃げなくちゃいけねえんだよ。俺は悪くねえ！

次郎吉は絶叫して振り返った。右手に拳骨を作り、左手には千枚通しを持った。

だが——。

次郎吉の狂おしいほどの怒りは一気にしぼんでしまった。

というのも——。

さっきまで次郎吉を追っていた小鬼たちが、さらにその後ろを走る大鬼に押し潰されていたからだった。大鬼、とはいってても人間大のその鬼は、頭に角がある以外は普通の人間と何一つ変わらなかった。

次郎吉が思わず目を見張ったのは、その鬼の顔だった。

その鬼の顔は、次郎吉を鏡映しにしたようだった。

うっすら微笑んでこちらに迫ってくる鬼は、いつも鏡越しに見る自分の顔よりも幾分か綺麗だった。左肩に鳶口を担ぎ、他の鳶仲間と揃いの半纏《はんてん》をまとっている。その袖口から見える左腕に入れ墨は見えない。

その鬼は次郎吉に手を伸ばした。まるで、こっちにこい、と言わんばかりだった。伸ばされたその手は赤子のように綺麗だった。自分の泥だらけの手とは比ぶるべくもなかった。思わず、次郎吉はその手を取ろうとした。もしかしたら、俺はまたこんな綺麗な手になれるのかもしれない――。

だが、又左の顔が脳裏をかすめた。

ああ。駄目だこりゃ。

次郎吉は鬼の手を振り払った。

「俺ァもう駄目だわ」

はは、と次郎吉は短く笑って、また踵を返した。そしてまた闇の中に飛び込んでいった。

# 第五話　静まる莫蓙

七兵衛は苦々しい顔を浮かべて次郎吉を睨んだ。

「なるほど、そんなことになっていたのか」

最初、江戸から逃げようと算段をつけていた。だが、左肩と背中に深傷を負ってしまっていた。しかも寒気と熱がひどい。この傷を癒やさないことにはどうしようもないということに気づいて、七兵衛のところに転がり込んだのだった。

さすがは七兵衛だった。刀傷をすべて縫い合わせてくれた上、処方してくれた薬を飲むと熱も引いていった。そうして人心地がついた頃、七兵衛は事情を聞いてきた。今更逃げも隠れもできない。それに、七兵衛が関わっていない話ではない。次郎吉はすべてをぶちまけた。

「呉兵衛、か。地獄の釜の蓋が開いた気分だ」

「す、すまねえ」

「いや、お主のせいではない」

嘆息しながら、七兵衛は白っぽい茎と黄色がかった茎を薬箱から取り出して、薬研《やげん》で碾きはじめた。しばらくゴリゴリ動かすうちにできた粉末を紙の上に落として、それを次郎吉に渡した。

「飲んでおけ、痛み止めの芍薬甘草湯だ」

「す、すまねえ。――でも俺ァ金が」

ねぐらに戻れば金はいくらでもある。しかし、そこには黒髭がいる。そして、その黒髭の背後には――呉兵衛がいる。そんな魔窟に自ら飛び込むことはできない。

七兵衛は首を横に振った。

「金はいい」

仁医だ。次郎吉は初めて目の前の男の心のありように感謝して渡された薬を口に流し込んだ。

「だが――」

七兵衛が何か言いかけた時、長屋の戸が勢いよく開いた。

「よお、旦那方、元気そうで何よりだ」

舌を鳴らした次郎吉は、戸を開いた逆光の男に悪意混じりの声をかけた。

「まったく神出鬼没だねえ。おめえ、何しにきやがった？」

そんな次郎吉の言葉に怯みもせず、逆光の男――亀蔵は顔を歪めた。

「なに、もうそろそろ旦那方が捕まるんじゃねえかと思ってね。そろそろあんたらの身の上をネタにしようかって思ってたんだよ。もっとも、七兵衛の旦那のことはいくら調べてもわからねえんだけどな」

七兵衛も眉を上げる。そんな七兵衛を一瞥しながら中に入ってきた亀蔵は、上がり框に腰を掛けてにやにやと相好を崩した。

「いやね。これ、北町奉行所の目明しの言ってたことなんだがね、あんたら、近々お尋ね者になるらしいぜ」

「お尋ね者？　次郎吉はわかるが、なぜわしが」

「何言ってんだ。あんたのほうが次郎吉の旦那よりもはるかに大物じゃねえか。――しっかし、今回の件は訳がわからねえんだよなあ。あんたらの罪を明らかにしないでお尋ね者にするんだと」

普通、お尋ね者にする際には、その人間の犯した罪も同時に書き記すものだ。

「不思議なことだな」

「ああ。なんか裏があるんじゃねえかな」

次郎吉の脳裏にはある男の顔が浮かんだ。顔の半分を火傷に覆われている、あの男の顔が。

きっと奴だ。奴は裏を牛耳っている。裏路地をウロウロしている目明しどもなど飼い犬が如くに手なずけていることだろう。もしかしたら、奉行所の同心の一人や二人、金でも摑ませて手下も同然にしているかもしれない。

ふむ。七兵衛は顎に手をやって亀蔵に訊いた。

「お前は呉兵衛を知っているよな。元呉服屋の」

「ああ。知らねえ奴はモグリだよ。ありゃあ触れたくないね」

「――悪いが、あいつについて調べてほしい」

「は⁉」亀蔵は声を上げた。「嫌だよ。あいつと関わり合いになるなんて、命がいくつあっても足りねえ」

「なら、わしらとも関わり合いにならないほうがいい」

「え？　そりゃいったいどういう――」

目を泳がせた亀蔵は、血の滲む晒で上半身ぐるぐる巻きにされている次郎吉の様子にようやく気づいたらしく顔をしかめた。そして、次郎吉の惨状と呉兵衛がようやく一本の糸で繋がったらしい。悲鳴を上げた。

「まさか、旦那方、呉兵衛に追われてるのかよ」

「そういうことだ」

「ってことはアレか？　次郎吉の旦那が呉兵衛の屋敷に火をかけたのが露見《ばれ》たってェのかい」

「正確には」七兵衛は薄く微笑んだ。「わしが主犯だがな」

あっちゃあ……。亀蔵は頭を何度も掻いた。

しかし、亀蔵は予想だにしないことを口にした。

「面白くなってきたね」

「ほう」

「あの呉兵衛だろ？　あの野郎と鼠小僧の戦いだ。こりゃあ見応えがあるねえ。上手く瓦版にできりゃあまた丸儲けだ。しかも堅気に迷惑をかけないだけ、幾分か気も楽ってもんだ」

その笑顔に嘘はない。そのことに、次郎吉は背中が冷える思いだった。この瓦版の辻売りもまた、呉兵衛の側の人間だ。

「よっしゃ。じゃああっしは旦那方にひっついて、あったことを逐一書き記すとしますか。悪いが七兵衛の旦那、あっしはあっしの思惑で動かせてもらいますぜ」

「勝手にしろ」

ため息をついた七兵衛は、次郎吉に向いた。

「さて、次はお主だ。どうする、次郎吉」

「どうする、ってェのは」

「お主が採るべき道はいくつかある」

一つ目は江戸から逃げること。さしもの呉兵衛といえども江戸の外まで追ってくるほど暇ではあるまい。しかし、江戸から逃げるまでに呉兵衛の手の者に捕まらないとも限らない。

二つ目。奉行所に出頭する。呉兵衛の手の者に捕まることはほぼなかろうが、出頭すれば間違いなく死罪が待っているだろう――。

「ちょっと待ってくれ。なんで死罪と決まっちまうんだ？」

「呉兵衛の奴が仕組んだ押し込み強盗にお主が関わっているんだろう？　奉行所が呉兵衛の意のままになるというのなら、間違いなくお主が下手人ということになるぞ。それどころか、お白洲《しらす》に座らされるまでもないかもしれん」

江戸小伝馬《こでんま》の牢では不可解に人が死ぬ。誰も彼もその死に口を閉ざすが、牢名主どもが力のない入牢者を間引きしているのは明らかだ。そうして、お白洲に引っ張り出される前にこの世とおさらばする入牢者も多い。呉兵衛ほどの男なら、囚人の生き死にさえも操ることができるはずだ。

「最悪じゃねえか」

「ああ、あくまで採りうる道を挙げているだけだ。――そして最後は、呉兵衛と戦う道だ」

「あいつと戦うだあ？」

あまりに突飛なことのように思われた。しかし、七兵衛は大真面目だった。

「お主の窮地はすべてあの呉兵衛がもたらしているもの。裏を返せば、呉兵衛さえいなくなればすべてが丸く収まるという寸法だ。――もし亀蔵の言うことが本当だとしたらわしらはお尋ね者になるが、それも呉兵衛の差し金だとするならば、呉兵衛さえいなくなればどうにでもなろう」

お尋ね者など月に何人も出る。一々覚えている者などそう多くはいない。表通りを歩けなくはなるが、それ以外はまあ今まで通りだ。もしも、呉兵衛さえいなければ。

「――わしは呉兵衛を潰そうと思っている。お主はどうする？」

「どうする、ったって」

そもそも、あの呉兵衛をどう潰すってんだ。

だが――。次郎吉の脳裏にお里の顔が浮かんだ。

そうだったな。ようやくあの女に手が届きそうなんだ。今江戸から逃げちまったら元の木阿弥じゃねえか。出頭なんてもってのほか。となりゃあ。

「……あんたに、加わるぜ」

「そうか」

正直、採りうる道はこれしかない。今、江戸から離れたらそれこそ野垂れ死にだ。さりとて出頭しても死ぬ。なら、生きる道を選ぶしかない。

ずいぶんと小狡《こずる》いじゃねえか。

人知れずため息をついた次郎吉は心の隅から七兵衛への不満を追い出した。

「で、どうしたらいいんだ、俺ァ」

「まずは、ここから逃げなくてはならんな」

そう呟いた、その瞬間だった。

しわがれ声が戸の外から響いた。

誰だ。そう誰何《すいか》する間もなく、音もなく戸が開いた。

そうして入ってきたのは、松浦静山だった。

意外すぎる珍客にびっくりしたのは目を見張っている七兵衛だけではない。亀蔵もまた目を見開いている。いくら隠居とはいえ大名がこんな裏長屋に来るなどという法はない。

さすがに紺の着流し姿ではありながら、腰に螺鈿《らでん》細工拵《こしら》えの大小を挟む静山は、あからさまなお忍び臭を放ったまま悪戯《いたずら》っぽくにたりと笑ってみせた。

「外に声が漏れておるぞ。少しは声をひそめたほうがよかろう」

かかと笑う静山に、七兵衛は顔をしかめた。

「なぜ、ここが？」

すると、涼しい顔をして静山は応じた。

「何、お前たちの素性や居場所くらい、軽く調べることはできようぞ。――のう、二世裏宿七兵衛」

場の空気が凍りついた。七兵衛の表情も凍る。

う、裏宿七兵衛？　なんだそりゃあ。

戸惑う次郎吉の前で、静山は続ける。

「百年ほど前、吉宗公の時代かの。かつて裏宿七兵衛なる大泥棒がおった。武州《ぶしゅう》西多摩郡《ごおり》に居を構え、江戸や川越、佐倉まで一晩で盗みに入ったという大泥棒よ。足の速い泥棒だったというが、捕まり処刑されたとのことだ。が」

静山の目が光る。

「あれは二十年ほど前か。〝裏宿七兵衛参上〟なる張り紙を残す大胆不敵な泥棒が江戸で流行った。いや、江戸だけではないか。川越やら遠く大多喜でもそんな泥棒が出たと聞く。一日四件の盗みなど当たり前、それが二世裏宿七兵衛だった。奉行所も、足の速い泥棒が立て続けに泥棒に入っていると合点した」

七兵衛は何も言わなかった。が、目に殺気が籠っている。

静山は腰から刀を鞘ごと引き抜いて上がり框に腰を掛けた。

「だが、違った。仲間やこれと思った盗賊を囲い込み、その盗賊に泥棒の技量を教え込んだ上で己の手先としていたわけだ。それで盗賊たちの上がりでのうのうと暮らしておったわけだ。初代とは違い、十年ほど前に姿を消したきりだったが、その名を隠して同じ稼業をやっていたとはな」

そんな大物だったのか。驚いているのは亀蔵も一緒だった。目を見張って七兵衛のことを見つめている。

静山はのんびりとその顔を七兵衛に向けた。七兵衛は殺気の籠った顔を静山に向ける。

「だから、どうした？」

「まあそう怖い顔をするな」

しかし、七兵衛はまだ警戒を解かない。

「あんたみたいな俗物にとっては、まだこの二世裏宿七兵衛は使える名前なのではないか」

「ははは、もう無理だ。何せ、お主のことを奉行所はもう摑んでおるでな」

「では、何しにここへ」

「忠告よ。見よ」

くいと顎をしゃくった先を見ると、長屋の塀の向こうに幾人もの気配がある。あれで隠れているつもりだろうか。長柄の捕り物道具が板塀の上に覗いている。

「奉行所の役人どもか」

静山は短く頷く。

「ああ。北町の奉行から要請があってな。次郎吉と七兵衛を知っているのなら協力しろ、とな。町奉行如き、本来なら相手にせぬところだが、あの奉行、もっと上の意思が働いておると匂わせてきおってな」

さしもの松浦静山といえども、お上は怖いものらしい。

「手はずとしては、わしがお前たちを油断させた頃合いに奴らがここに突入することになっておる」

「へえ」

しかし、七兵衛は落ち着き払っていた。そんなこと、既に織り込み済みといわんばかりに――。

「どうする。逃げるか。それとも――」

「捕まりたいわけないだろ」

次郎吉がそう言い放つと、静山はほっとため息をついた。

「それは助かる。わしが賭場に出入りしていることを知っているお主らが捕まるのはあまり良きことではないでな。もっとも、お主らが喋ったところで握り潰すことはできようが、少々お足がいるものでな」

かかか、と楽しげに笑った静山は立ち上がって尻を何度も叩いた。

「賭場仲間を失うのはあまり嬉しゅうはない。それに」一瞬だけ、静山は満面に笑みを浮かべた。「わしを一向に出世させなかったご公儀に協力するなど、よく考えたら馬鹿馬鹿しゅうてやってられぬわ」

そう吐き捨てて、静山はまた表に出て行ってしまった。

あの老人はさながら嵐だ。言いたいことを言って消えていく。

しばらくその嵐の余韻の中にあったが、それどころではないことを思い出して次郎吉は口を開いた。

「どうする」

「どうする、って決まっておろう。逃げる」

「でもどうやって」

長屋に勝手口などという気の利いたものはない。出入り口は一つだ。しかもその出入り口から出ても、表通りに逃げるためには人一人がようやくすれ違えるくらいの裏路地を抜けなくてはならない。そこには既に奉行所の人間がいる。

が、七兵衛は呑気にもにたりと笑うばかりだった。

「ああ、それは――」

言いかけたその瞬間だった。

戸が思いきり蹴破られた。二つ折りになった薄い戸がまるで木の葉のように宙を舞い、そのまま音もなく三和土の上に落ちた。

思わず戸の向こうを見やると、そこには――。襷《たすき》がけをして十手や棒などの得物《えもの》を構える目明しども、さらにその後ろに黒い巻羽織の同心たちの姿が見える。

同心の一人が声を張り上げている。詳しいことはよく聞き取れないが、ある者のもたらした情報により医者七兵衛が盗賊であることがわかったゆえ捕らえて吟味する、という意味のことを言っているらしい。

さすがに亀蔵は悲鳴めいた声を上げた。

「どうするんだよ。逃げられなかったら元の木阿弥だろうに」

「安心しろ」

じりじりと迫ってくる目明したちを睨みつけながら、少しずつにじるようにして七兵衛は壁まで下がった。そして、その壁を強く叩いた。すると、ぽん、という音とともに壁が崩れ落ち、人ひとりが抜けられるだけの隙間ができた。その隙間の向こうには裏路地が続いている。

「早くここから出ろ！」

「お、おう！」

無我夢中だった。履き物を履いていないことなど気にしてはいられなかった。裏路地に出るや、後ろの七兵衛の言葉に従って左手に駆け出した。長屋の中では既に大騒ぎになっている。あれほどの大人数が一気に部屋の中に雪崩れ込めば大騒ぎになるのは必定だ。

追ってくる者の影もない。

どんなもんだい。

ふんと鼻を鳴らしていると、横を走る七兵衛が顔を歪めた。

「こんなこともあろうかと思ってな、逃げ道は作っておいた」

「さすがだねェ」

「だが、これでめでたく我ら三人は追われる身だ」

どうする？　誰からともなく飛び出したこの疑問はしばし三人の間に漂っていた。だが、最初に答えを出したのは亀蔵だった。

「乗りかかった船だ、あっしァ、しばらく呉兵衛の動きを探ろうかねえ。瓦版のネタにしてえから。で、どうするんだい、七兵衛の旦那は」

「ああ、いろいろ調達しなくちゃならないものもあるゆえ、わしも別行動だ。――この近くに稲荷社《いなりやしろ》があるのを知っているか」

次郎吉は頭の上に地図を思い浮かべた。ここから一町ほどのところに方三間ほどの稲荷社がある。町のど真ん中だというのに木々で鬱蒼《うっそう》としている上、随分前から打ち捨てられているようで人の姿はほとんど見られない。

「毎日、何があっても夜中にそこに来てくれ。もし来なかったら――。その時は死んだと思え。互いにな」

そうか、ここから先はまさに修羅場なのか――。我が身を置いている場所が断崖絶壁であることに今更ながら思い至った。

「お主はどうする、次郎吉」

「そうだなあ、俺ァ……。いくつか、やりてえことがあるんだ」

次郎吉は心の隅で指を折った。案外、やりたいことはそう多くはなかった。


三味線の音が聞こえる。

隣の部屋でどこぞの御大尽が座敷遊びでもしているのだろう。途中で曲が途切れて男と女の笑い声が上がる。そしてやややあって、また同じ曲が紡がれはじめる。

酒を飲みながらしばし豪華な茶屋の中を見渡していると、やがて音もなく戸が開いた。現れたのは、お里だった。

三つ指をついて頭を下げたお里は、顔を上げた瞬間に、あ、と少し表情を緩めた。しかしすぐに自分の遊女としての役割を思い出したのか、凛とした表情を取り戻していくつかの口上を述べた。

その形式ばった口上を一通り聞いた次郎吉は、大きく首を横に振った。

「ああー、今日はおめえを買ったわけじゃないんだよ」

「どういうことでありんすか」

言葉尻に廓言葉《くるわ》が混じる。

「ちょいと、おめえの顔を見たくなってなあ。無理言ったんだよ」

金にも無理を言わせた。ほぼ無一文だった次郎吉が、遊女であるお里を揚げることなどできるはずもない。そう、お里に逢うために盗みに入った。そして少なからぬ金を見世の遣手婆《やりてばばあ》に嗅がせて、ようやくこの対面が叶ったのだった。しかしそれでも、「あの妓《こ》は人気だから、半刻だけ」と条件が付いた。

久しぶりの再会。しかし、お里は身を固くしたままだった。

「堪忍してくんなまし」

「堪忍、と来たかい。俺たちは夫婦じゃねえか」

その瞬間、お里の肩が震えた。それまでまとっていた遊女としての顔が目の前で崩れ落ち、今はただ、大粒の涙を目に溜めた女がいるだけだった。この女は野の花だ。手折って屋敷の生け花にして飾ってしまってはよそよそしいばかりだ。この花は、雑草生い茂る野の中でこそけなげに咲いているべきだ。

「元、です」

ああ。次郎吉はどんな顔をしたらいいのかわからずに下を向いた。

「おめえを身請けしようとしていた男のことなら、あれァご愁傷様としか言いようがね

ない。

えよ」

実はこの件には次郎吉も深く関わっている。しかし、そんなことを言うわけにはいかない。

「あんたに、何がわかるのよ」

お里の口の端から廓言葉が消えた。

「すまねえな」

この言葉の半分は本心だ。

お里を身請けしようとしていた廻船問屋の若い主が一月前に死んだ。尋常な死にざまではなかった。夜、突然侵入してきた賊どもに襲われて殺されてしまった。とにかく、お里を身請けするという話は雲散霧消した。

哀れな女だ。亭主が店を傾けて、その亭主の不始末の穴埋めにとこさえてしまった証文のせいで、苦界なんていう昏いところに落とされてしまった。当時二十三。新人の遊女としてはあまりに齢を食っていた。娑婆《しゃば》の匂いの抜けない素人女はそうして吉原の端っこで一時の夢を売る遊女になった。

それなのに、次郎吉はお里の身請け話をふいにさせたのだった。

本当のことを話したらどうなるか。次郎吉は胸の内にあるおぞましい現実に蓋をして首を振った。

「お里よォ、おめえは俺が助ける。俺がおめえを請けるからな」

「何を言っているの？　次郎吉さんが身請け？　そんなお金があるはずないじゃない。なに夢みたいなことを言っているの」

　確かに今はほとんど金がない。だが。

「そのうち大金が手に入るんだ。信じてくれ」

どこかの大名家の金蔵から盗めばいい。あそこは俺の財布だ。それくらいの気持ちだ。確かに警備が厳しくなってきてはいるが、それでも侵入できないほどではない。

「嘘」

「嘘じゃない。だってそうだろ。こうやっておめえを半刻買うだけの金はすぐ用意できるんだからな！」

するとお里の表情から疑いの色が少し落ちた。目を何度もしばたたかせてこちらを見据えてくる。

「次郎吉さん、信じても、いいの？」

「ああ。泥舟に乗ったつもりでいてくれぃ」

また何か言い間違っている気がしたが、心意気が通じれば上々だ。

そして――。そのためにも、呉兵衛の件を片付けて、金を用意しなくてはならない。

と――。突然戸の向こうから現れた禿《かむろ》が部屋の中に入ってきて、香炉の中を覗き込んだ。

「お香が切れそうでありんす」

遊女と過ごす時間はお香の燃える時間で測る。

おや、もうそんなに過ごしちまったか、と訝しみながら香炉の中を覗き込むと、確かにあともう少しでお香が燃え尽きそうだった。

「お香を足しますか」

「いや、いいよ」

そもそも、もう金が続かない。それに、次ここに来る時は身請けをする時だ。そう心に決めて香炉を片付けさせると、次郎吉はお里に微笑みかけた。

「次来る時ァ、おめえを身請けする時だからよ」

「――はい、楽しみにしています」

お里はちょこんと頭を下げた。

「ははは、ようやく尻尾ォ摑んだぜ」

数日後、毎日のように稲荷社で開かれている夜会で、得意満面な顔を浮かべたのは亀蔵だった。話を先に促してやると、決まってるじゃねえか。そう亀蔵は言った。

「あいつだよ。呉兵衛の居場所だ」

いろいろ危ない橋を渡って調べまくった挙句、ようやく呉兵衛の居場所がわかった。どうやら奴は毎日のように場所を変えているから部下の者ですら居場所がわからない。しかし、ここのところ、ある屋敷を手に入れてそこに入り浸っているという。

「どこだと思う？　何を隠そう、藤木屋だ」

げえ。次郎吉はあの時の光景を思い出す。血の海の中に沈む五体満足ならぬ男たちの遺骸。その目が恨めしく次郎吉のことを見上げている。

ふふ。七兵衛は笑う。

「呉兵衛は幽霊を信じない手合いらしいな」

「――奴は毎日、そこにいるのか」

「ああ。あっしの調べじゃあな。藤木屋の若い主が死んだあと、手代が跡を継いだらしいんだよな。押し込みの時に番頭も死んだらしくてね。が、この手代ってェのが呉兵衛からの借金で首が回らなかったらしい。藤木屋の家屋敷すべてを抵当にした借金証文を遺して、首を括って死んだんだと」

藤木屋を乗っ取る。そう呉兵衛は言っていた。なるほど、有言実行ってことか。

しかし、自らが裏で糸を引いて地獄に蹴り落とした相手の家に住むなんて、まともな神経ではない。一方であの男らしいともいえる気がする。

「なるほど。場所はわかった、か。となれば、やることは決まったな」

「ってえと……?」

「ほれ、次郎吉。これを持て」

七兵衛が無造作に投げやってきたそれを中空で受け取った。それは長脇差だった。何の色気もない黒い拵え。鯉口を切ってみれば剃刀《かみそり》のように鋭い刀身が露わになる。蒼く光る刀身が次郎吉のことを冷ややかに見据えていた。

「もしかして、もしかするのか。あいつを殺……」

「ああ」

何の逡巡《しゅんじゅん》もありはしない。

確かにそうだ。あいつに脅しは通用しない。それどころかこちらの姿が捉えられたが最後、手下を使って口を塞ごうとするだろう。万に一つこちらの言い分を聞いて手打ちが成立したとしても、結局はそんな約束を守るはずもあるまい。ある日突然後ろからグサリ、が関の山だ。

生きるためには、あいつが邪魔だ。

でも――。

「本当に、殺すのか」

「ああ」

「でも、んなことしたらもう後戻りできなくなる――」

もう手は汚している。でも、あの腐った野郎を手に掛けちまったら、たぶんもう戻ってこられない気がする。と心中で呟いて、まだ自分が娑婆に戻ることができるのだと思っていたことに気づかされる。

七兵衛はやおら立ち上がると、次郎吉を見下ろした。まるで虫けらを見るような目で。

「まだ覚悟がつかないのか。お主が覚悟を決めない間にも、向こうはやってくるぞ。お主のことを殺しにな。お主はもう獣道を歩いているんだ。それを知れ」

獣道。

ああ、俺ァもう、ずいぶん遠くまで来ちまったんだなあ。

脳裏にお里のはにかんだ笑顔が浮かび、またふっと消えた。

生きなくちゃならねえ。お里のために。俺がお里を身請けしなくちゃならねえんだからな。

そのためには。やるしかねえ。殺《や》るしか——。

「わかったよ」

「ああ、わかればいい。善は急げだ。明日にはやるぞ。明日の夜、この社に集合だ。わかったな」

それだけ言うと、七兵衛は社から離れていった。しばらくその背中を目で追っていたものの、すぐにそれは宵闇の中に消えた。

次郎吉もまた闇に消えようと足を踏み出した。その瞬間、亀蔵に呼び止められた。

「なあ、旦那。ちょいと訊きてえことがあるんだが」

「何だよ」

「ちょいと、わからねえことがあるんだよ。あんたの親父さんのことだ」

「え？　親父に逢ってきたのかよ」

「実はよお——」

もしかすると次郎吉自身のことを瓦版のネタにする日も近い。そう悟った亀蔵は次郎吉の生まれや育ちを調べはじめた。その中で、次郎吉の父親である定吉に話を聞きに行ったのだが——。

「どうも引っかかるところがあるんだよなあ」

次郎吉は亀蔵の肩を摑んだ。

「なあ、その時のことを教えてくれねえか」

「ああ、いいけどよ――」

亀蔵はそうして、次郎吉の父・定吉と逢った時の話を始めた。

◯

亀蔵が足を向けたのは、日本橋界隈だった。

魚を商う商人や魚河岸の職人、はたまた呉服屋の丁稚やその客が行き交う十字路の賑わいは、今日もまた留まるところを知らなかった。そんな江戸中の活気を煮詰めてごった返しになっている一角をすり抜けて亀蔵が向かったのは、芝居小屋が並び立つ一角だった。

いつもはこの辺もずいぶんと煩いものだが、その日に限っては水を打ったように静かだった。それもそのはず、数日前に千秋楽を迎えてどこの芝居小屋も休んでいる。その代わり、芝居小屋では次の芝居の演目に向けて裏方たちが集まって準備を始めている。

そして亀蔵の目的の人物は、芝居小屋の前でトンカチを振るっていた。

芝居小屋の前に張られている役者の名前と演目の書かれた板を付け替えている。梯子《はしご》に身を任せてとんてんかんと音を立てながら作業をしている老境に差しかかったその男は、ある拍子に、下にいる亀蔵に気づいた。

「そんなところにいたら危ねえよ。どきなどきな」

「あんた、定吉さんだね。次郎吉さんの親父さんの」

するとと、梯子の上の男——定吉は顔を少ししかめた。

「そんな名前の息子がいたっけな。だが、勘当してやったよ」

調べの通りだ。しかし、聞きたいのはそんな話ではない。

「ちょいと定吉さんにお伝えしたいことがあってね。少し休まれたらどうですかい」

「そうはいかん。俺の仕事が遅れて芝居の日程を遅らせるわけにはいかねえ」

「じゃあ、待たせてもらいますよ」

これも調べの通りだ。次郎吉の父、定吉。ずっと芝居小屋の便利屋をやっている。小屋の簡単な修繕や看板の付け替えといった大工仕事から、芝居に使う大道具の建て付け、さらには役者たちの使う白粉やら弁当やらの調達まで。しかし、こういう便利屋はその仕事の内容上、誰でもできる反面、ちょろまかしやすい立場でもある。ゆえに不正が見つかって首になる場合が多い。それにもかかわらず、この定吉は長年この仕事が勤まっている。定吉の背中を見上げながら、亀蔵はその背中に惚れ惚れとしていた。この男の背中はずっと愚直に働いてきた男のそれだ。

しばらくすると、大きな看板を小脇に抱えながら定吉が梯子から下りてきた。降りてきた定吉は予想外に大きかった。あの小柄な次郎吉の親父さんだから、という思い込みがあったからかもしれないが、それにしても雑踏の中に紛れてもこの定吉の頭は一つ飛び抜けている。それに、ほっそりした手足の次郎吉とは打って変わり、定吉の手足は丸太のように太かった。

「何の用だ。おめえは誰だ」

取っつきづらい。だが、ぺちゃくちゃ喋る人間よりも、こういう人間のほうが信頼できる。それはこれまで仕事柄いろんな人の話を聞いてきた亀蔵の実感だ。

「ああ、申し遅れまして。あっしァ亀蔵。瓦版の辻売りでさ」

「ということは芝居をネタにしようというのか。だったら俺に声をかけてもしかたが――」

「いや、あんたの息子、次郎吉さんのことが聞きたくてね」

しばしの沈黙。だが、ややあって吐き捨てるように定吉は口を開いた。

「縁を切った息子のことなんて知らん。最近は顔も見ていないが――。なにかあったのか、あいつに」

「まあ、長くなりますから」

そうやって亀蔵は煙草盆や竹の水筒が置かれたあたりに定吉を誘って、そこに座らせた。長く喋ってもらうためには腰を落ち着けてもらうのが一番だ。

その誘いに乗ったからか、それとも休憩したかったからか。定吉は煙草盆の中から鉄作りの煙管を取り出して煙草を詰めると、中の炭で火を点した。そして何度かため息とともに紫煙を吐き出して空を見上げると、ぽつりと口を開いた。

「で、次郎吉がどうしたっていうんだ」

「まだ何をしたってわけじゃねえんでさ。だが、そのうちあっしらがネタにするようなことをやってくれるんでね、その下調べなんですよ」

目の前の実直そうな老人は、傍から見てもわかるほど、忸怩たる思いを腹の中に収め、腹の中で暴れるその思いに身を裂かれそうだった。

「あいつは、馬鹿野郎だ」

「へえ？」

「次悪いことをすれば死罪は免れまい。だというのにまた悪事に手を染めるとは」

「あのお人にァ、それしか選べなかったんでしょうな」亀蔵は煙草に火を付けた。「若い頃の泥棒のせいで所払になった。んで、今不景気じゃねえですか。そうなりゃ、入れ墨者にそうそう働き口なんてありませんよ」

立ち昇っていく紫煙をよそに定吉は頭を抱えた。

「なんであいつは俺を頼ってくれなかったのだろうか。働く気があったなら、俺の仕事を譲ってやってでも――」

「それができねえから親子ってやつでしょうに」

かく言う亀蔵にも身に覚えがある。亀蔵の父親は刷り師だった。しかし、亀蔵はそんな辛気臭い仕事なんざできるかと啖呵《たんか》を切っていろんな仕事を転々とした挙句、結局は親父から教わった刷りの技術で版元に拾ってもらって今がある。

「親の跡をほいほい継げる人間なんて、そういやしませんよ」

「そういうものか」口元から紫煙を吐き出しながら、ぽつりと定吉は口にした。「俺ァ、そうでもなかったなァ」

「へえ?」

「ああ、俺の親父――つまりは次郎吉の祖父《じい》さんだ――も、芝居小屋の便利屋だったんだ。俺はそんな親父の背中を見て育ったから、何の疑問もなく親の跡を継いだよ。おめえに言わせれば、俺は〝親の跡をほいほい継いだ〟人間だ」

「いやあ……」

何と言っていいかわからなかった。

「だから、俺はあいつの心の奥にあるものがわからなかったのかもしれないな」

「いや、誰もにわかりゃしませんよ。子供の気持ちなんてもんは」

子などいないのに知ったかぶって煙を吐く。だが、定吉は沈痛な面持ちで頷く。

「そうか」

吐き出した煙が定吉の目にかかる。その煙を何度も短いまつ毛で散らしていたものの赤く充血しはじめていた。

「——あっしが訊きてえのは、次郎吉さんとお里の関係についてなんでさ」

「お里、か」

定吉は下を向いた。その顔に強い侮蔑《ぶべつ》といささかの後悔が滲んで見えるのは、亀蔵の気のせいだろうか。

「あれはとんでもない毒婦だ。あいつのせいで次郎吉は身を持ち崩した」

「そうなんですかい？」

「奴が盗みに入って入墨者になったのは、お里が金をせびったからだ。あいつが江戸に戻ってきてからもお里のところに顔を出しているのは、金を工面してやってたからだろう。しかも、居酒屋を始めてすぐ潰すなど……。あいつの人生は、あの女に狂わされたようなものだ。今は廓にいるんだろう、いい気味だ」

身内への視線ほど歪みの強いものはない。自分の家族に対する評は甘くなる。勢い、周囲の他人に対する評が厳しくなるものだ。

眉に唾をつけた亀蔵は話を変えた。

「そのお里の母親ってェのはもう死んだんでしょう」

「ああ。一年ほど前に死んだ。しっかり供養も済ませた。ここで一周忌も営んだ」

へえ。瓦版師の勘が疼《うず》いた。その疼きに従って理詰めで考えはじめるうちに、ようやくその違和の正体に気づいた。いくら定吉たち長屋の人間がお人よしだとしても、一周忌までやってやるなんてありうるのだろうかと。

何かがおかしい。

「一周忌！　へえ、豪儀なもんだね。江戸っ子の面目躍如だ」

そう思っていると、ふいに定吉は立ち上がった。

「――もう、いいか」

「へ、あ、ああ」

「仕事がまだ山ほどあるもんでな」

そう言い残すと定吉は煙草盆に灰を捨てて煙管を収めた。すると、またトンカチを手に梯子を上りはじめた。

何かある。

だが、その勘は未だに実を結びそうになかった。

○

「ってなわけだ」

亀蔵の言葉に唖然《あぜん》としながらも、次郎吉は頷いた。

「どこが変なんだよ」

「いや、おかしいだろうよ。いくら人情に篤いからって、ばばあ一人を手厚く葬りすぎだろ」

その後、亀蔵はお冬の墓を訪ねた。住職に案内されたその墓は石造りで、金と手間のかかったものだった。しかも、彼岸《ひがん》でもお盆でもないのにお供え物がしてあった。住職が言うには、長屋の人間が三日に上げずにやってきては手を合わせているのだという。住職今時感心感心、と頷く住職の横で疑念が深まるばかりだった。

「あの長屋、貧乏長屋もいいところだぜ？　その辺はあんたが一番知ってるはずだ」

「ああ」

ドがつく貧乏長屋だ。それに、江戸に舞い戻ってから、あの長屋の貧乏の度はさらに深まっていた。貧乏人と病人ばかりで働いている連中もへっぽこ職人。不景気になればすぐにあぶれる手合いだ。

「なのに、墓石まで用意して葬ってやった上、お供えを欠かさないなんて、おかしいだろう」

確かにおかしい。だが、それが何を意味するのかがどうしてもわからない。

身寄りのないばばあ一人なんざ、無縁仏として葬ってやればそれで充分だし、義理は果たしたことになる。なのに、貧乏長屋の連中が身銭を切って豪華な墓を？

それに。今更だが、親父のお里への評も気になる。反発するばっかりで深く考えたことはなかったけれども、あの親父はあまり他人のことを悪しざまに言う人ではなかった。

どういうことでェ。

亀蔵は胸を叩いた。

「まあ、調べておいてやるよ、この件は。だから任せておきな」

「すまねえ」

「いや、面白いネタだから調べたいだけさ」

心の中がざわつく。しかし、そのざわつきを、手に抱える長脇差で押さえ込む。とにかく、目の前のことをやらなくてはならない。でなければ、前に進めない。やるしかない。次郎吉は、雑音を振り払った。


「へえ、自分からまた現れるとは。肝が据わってますねえ」

へりくだって頭を下げた。すると、上座に座り、足を崩して女の肩を抱き、下卑た笑い声を上げるその男は、俺も大物になったもんだ、と変な感想を述べた。

おもねる理由はない。だが、今はまだ尻尾を隠しておきたかった。次郎吉はあえてへりくだった。

「逃げ切れねえと思ったんだよ。だったらあんたの仏心にすがろうと思ってね。あんた、意外に人がいいもんなあ」

「そうですかね？　まあ、地獄の閻魔様よりはちいっと慈悲深いつもりですがねェ」

その男の顔の左半分は火傷ですっかりただれていた。だが残った右半分の顔の造作は男の次郎吉が見てもはっとする程美しい。しかし、いかなる美形であれ、身にまとう気があまりに俗悪だった。

呉兵衛。かつて江戸で悪徳呉服屋として名を馳せていたが落ちぶれ、その後は賭場荒らしや乗っ取りを繰り返して名を上げ、今や江戸の裏でその名を轟《とどろ》かせる大悪党だ。『火傷』という符牒が出回っているほどだ。

裏でこれほどの名を上げているからには、相当の悪事に手を染めていることだろう。事実、気に食わない者を地獄に蹴り落としているという噂は枚挙にいとまがない。

「だけど……早死にしますよ、あんたは」

「はは、それもよく言われるよ」

で？　呉兵衛は女を引き寄せながらにたにたと笑う。

「今日は何用ですかね？　まさか、挨拶にだけ来たわけでもないでしょう？　それに、あれだけのことをされておいて、のこのこやってきた理由を知りたいですねェ」

次郎吉は袖を両手で開いた。

「いえね、呉兵衛の旦那に殺してもらおうかと思いまして」

「そうですか、そりゃまた殊勝な心がけで」

呉兵衛の目はすっかり濁りきっていてその底がまるで見えない。顎をしゃくりながらしばらくこちらの様子を窺っていたものの、横に座る女を奥の部屋に追い払った。そうして二人っきりになった部屋の中で、呉兵衛は物珍しい獣を見るように笑う。

「それで丸腰」

長脇差は帯びていない。

「もう逃げきれねえ。だったらすっぱり殺してもらいてえって思ったんだ」

「へえ、楽に死にたいんですか。でも残念ですね。あんたは簡単にァ殺しませんよ」

次郎吉は顔を上げた。

「それァ、七兵衛も関わっている件の復讐ですかい」

呉兵衛の眉がピクリと動いた。火傷顔のほうはまるで動くことはなかったが、その激情を示すかのように赤く色を変じはじめた。

「へえ、それはいったいどういうことで？」

「かつて、あんたの家に押し込み、火を付けたのは俺と七兵衛だったたってことを言ってるんだよ」

その瞬間だった。

狂ったように笑いはじめた呉兵衛はそのままぬうと立ち上がり、次郎吉を見下ろした。目に涙を溜めながら甲高い笑い声を上げる呉兵衛の目だけは笑っていない。怒りに燃えて、睨みつけている。

「いやあ、お見事です」

「ご名答、ってやつかね」

「ええ、褒めて差し上げます。でも、気づかない方が幸せだったかも知れませんねェ」

目を血走らせて顔を歪める呉兵衛は懐に手を突っ込んだ。そうして取り出したのは黒塗りの短刀だった。その鞘を音もなく払うと逆手持ちにした。

「そうだよ。あたしのすべてを七兵衛は奪ったからねェ。富も、名声も、顔も、表を歩ける人生も！　なら、このあたしが己の人生を奪い返したっていいだろう。そうは思いませんか？　えェ？」

「ああ、そうだな」

正直に頷いた。誰も助けてくれない世知辛い世の中だ。てめえのケツはてめえで拭け、そうやって次郎吉もこの浮世を乗り越えてきた。

だが。

「あんたが言っても何にも響かねえな」

「ああ、よく言われますよ。まったく業腹ですねえ」

これまでの呉兵衛の所業を知っている人間からすれば、ちゃんちゃらおかしい話だ。これまでどれほどの人間を足蹴にして、どれほどの人間の財産を奪い、どれほどの人間の人生を狂わせ、どれほどの人を殺してきたか。それを思えば、財産を失って火傷を負うなど罰の内にも入るまい。

「だがまあ、こうも言いますよ？　〝他人の痛みには鈍感でいられても、自分の痛みには鈍感でいられない〟ってね」

なるほど。だからああして復讐を仕掛けたわけか。

まったく共感はできない反面、ある意味理にかなっている。

白刃をかざしながら、呉兵衛は顔をしかめる。

「まずはあんたの爪を一枚一枚剝ぎ、目を刳《く》り貫いて鼻と耳を削ぐ。その上で生きたまま火の中に投げ込んでやる。そしてあんたのボロ屑のような死体をその辺に投げ捨てる。そうすれば、どこかに潜んでいる七兵衛も何らかの動きに出るでしょう。そこを突いて──殺す。これであたしの復讐は完遂ってことです」

しかし、これでも一応裏に身を置いている次郎吉は、呉兵衛の剣の腕が大したものではないことを見抜いていた。刀の握り方一つ取っても素人だ。こいつ一人ならばなんとかなる。そんな目算が立った。

だが、目の前の火傷顔はそれを見越していた。

おい、と声を上げる呉兵衛。すると襖が音を立てて開いた。そこには、既に刀を抜いて目を血走らせる屈強な男たちが立っていた。

「あっちゃあ」

「あたし自身、てめえの腕に自信がないことくらいわかってますよ。知っているからこそ、こうやって用意ができるってもの。金を積んで仲間を募る。ね、簡単でしょう？金、金、金、これがすべてなんですよ」

金がすべて。嫌な言葉だ。だが、今は間違いなくその言葉が正しい。

居並ぶ男たちは確かに只者ではなさそうだ。少なくとも、こういう修羅場に慣れている。それが証拠に目が泳いでおらず、殺気が空回りしていない。ただ目の前の一人を殺す。それに目標を絞っているように思えた。

こりゃ、まずいねえ……。

死の一文字が頭をかすめる。

すると……。

「うげえ……！」

突然、大きな悲鳴が上がった。

その悲鳴を上げたのは用心棒の一人だった。夜叉のように顔を歪めた哀れな用心棒は、口元から血を流しながら目を背後に向けた。その視線の先には――表情なく立つ七兵衛の姿があった。

「七兵衛……。あたしからすべてを奪った野郎だね」

「何も言うな」七兵衛の声は海の底のように深く澄みきっていた。「お前の蔵を焼いたのは謝る。結果としてお前の財産も人生も顔も奪ったのも謝る。だが、お前はそれより前に、わしの人生を借金証文で奪おうとしたろう。だから嚙みついたまでのこと」

ははは、なるほど。

呉兵衛は力なく笑った。

「あんたはあんたで己を守るためにやった、ってことですか」

「ああ」

頷いた七兵衛はあるものを次郎吉に投げやってきた。それは、七兵衛に預けていた長脇差だった。

その鯉口を切って刀身を露わにした次郎吉は、それを抱えるように構えて呉兵衛に突進した。剃刀のように研ぎ澄まされた剣先は瞬く間に呉兵衛の皮を破り肉を裂き、骨を断った。

口から夥しい血を吐いた呉兵衛はしばし震えるばかりだった。が、ややあって、ぽつりと言った。

「この浮世が、なんもかんも、悪いんですかねえ……」

「そうだな、もっといい時代に生まれつきたかったものだ」

深々と刺さった長脇差を抜くと呉兵衛はうつ伏せに倒れた。その背中には刺し傷が空いており、そこから湧き水のように血が溢れはじめた。それを見下ろす次郎吉の手には真っ赤に彩られた長脇差が握られている。

「さて」

短刀の血を払った七兵衛は用心棒どもを睨んだ。

「お前たち、少し話を聞いてくれないか。――お前らの雇い主はもういない。もう、ここで戦ってもお前らは一文の得にもならない。そうだろう」

用心棒たちは顔を見合わせはじめた。しばらくすると、七兵衛の理を呑み込んだか、誰もが抜き放っていた刀を鞘に収めた。

こうして二人は虎口《ここう》を脱した。


その帰り道のこと――。

外はすっかり真っ暗だった。夜ならば奉行所の人間も出てはいまい。それに夜の闇が人相をうまく隠してくれる。

大仕事を一つ終えた安堵《あんど》に包まれていると、ふいに七兵衛が声を上げた。

「すまなかった」

「は？」

「お主を巻き込んだことだ」

頭を下げる七兵衛のことを笑い飛ばした。

「何言ってんだよ。あんたのおかげで助かった」

「そうか」

心なしか七兵衛は嬉しそうだった。その顔にはあまりに毒気がなくて、こっちが拍子抜けしそうなくらいだった。自然、疑問が湧いた。

「これからあんた、どうするんだ」

「どうする、とは？」

「あんた、もう抜き差しならねえところまでやっちまってるじゃねえか。あんたの素性が奉行所に知れちまった。もう表で生きてくことはできねえぞ」

今更何を言う。そう呟いて、七兵衛は笑った。

「殺しくらい、今更なんということはない。――もとよりわしは悪党だからな。悪党は悪党らしく裏路地の溝に頭を突っ込んで死ぬのが筋というものだ」

「そうかい」

悪党は死ぬまで悪党――。俺もそうなんだろうか。

そんな心の呟きを見越したかのように、七兵衛は言った。

「だがなあ。わしも本当は、表を歩きたかったなあ」

「は？」

「わしはな、爺様が大泥棒だったのだ。そのせいで、孫のわしも田舎の村では爪弾きにされてな。そんな村に嫌気がさして江戸に来た。必死に勉強して医者にもなった。だが、金が続かなくてな。結局爺様と同じ道だ。手が汚れていてはどんな名医も召し抱えなどされない。結局、町医者としてしかやっていけなかった」

何も言えなかった。

「本当は、田舎で生きたかった。縞の機織りくらいしか目立ったもののないところだったが、あそこで嫁でも貰って平穏に暮らしたかった。が、できなかった。結局わしは、己の偏狭な人生から逃げ出したかったのだろうな。碌でもない手で以《もつ》て、結局もっと偏狭な道を選んでしまったということだろう。だからわしは、裏路地で死ぬべき人間だ」

力なく笑った七兵衛は次郎吉に向いた。

「お主もまた、そうだろうな。大事な人間がいようがいまいが、お主もまた闇に死ぬ人間だ」

「大事な人間、か。なんだ、俺の事情を知ってるのかよ。誰から聞いたんだ？　畜生、亀蔵あたりか、あんにゃろう。でもよう」次郎吉は己の手を見やった。「俺の手も、もう血みどろだけど、闇の中で死にたくはねえなあ」

「そうか」

表ではもう生きていけない。あとはもう、悪党として生きていくしかない。だが、それはそれでいい。俺には、もっと大事なものがあるんだから――。それを守るためなら、閻魔様にだって喧嘩を売ってやらあ。そうすりゃあ、闇の中で死んだことにァならねえ。

と、その瞬間だった。横を歩く七兵衛が不意に足を止めた。どうしたのだろう？　振り返った瞬間、次郎吉は目を見張った。

口から血を流している。何が起こったのかわからないとばかりに顔をしかめる七兵衛の腹からは、小刀の切っ先が突き出している。その七兵衛の後ろには、殺気に目をぎらつかせる黒髭が立っていた。

この状況を即座に理解したのは七兵衛だった。

「――なるほど、意趣返しか」

あそこにいたのは呉兵衛のもたらす利に群がる連中ばかりと高を括っていたが、必ずしも利のみで動いていたわけではないらしい。

黒髭は闇の中でぽつりと言った。

「復讐、果たしたぜ。お前は鈴ヶ森親分を殺した。その仇だ」

「そうか、元はお前、鈴ヶ森一家の人間だったか。ならば、仕方ないな」

懐から短刀を抜き払った七兵衛は、後ろの刺客にその切っ先を繰り出した。まさか反撃が来るとは思ってもいなかったのだろう、驚愕の表情を浮かべる間もなく、深々と腹に短刀を刺し込まれた黒髭は地面に崩れ落ちた。

「大丈夫か！」

「――ああ、まあ、な」

ひゅーひゅーと息に笛のような音が混じっている。それでも立っている七兵衛は、自分の胸や腹を触りはじめ、ふむ、と頷いた。

「――どうやら、急所は外れているらしいぞ」

いや、急所がどうのなんて場合ではない。後ろから短刀で刺されて貫通している。今はまだ刺さったままだから血はほとんど出ていないが、抜いたりしたら――。

しかし、七兵衛は薄く笑った。腹の傷などなかったかのように。

「さて、ここいらで別れよう」

「は？　何言ってんだ、あんた、腹が――」

「知り合いに医者がいる。その医者に診せる」

「じゃあ俺もついて――」

「そいつは闇医者でな。お主がいては診てくれないだろう」

最初、次郎吉は反論しようとした。だが、目の前の七兵衛の圧に、声を出すことができなかった。ようやく口から飛び出したのは、思いとは裏腹の言葉だった。

「……わかった」

「そうか。――わしは、闇に潜む」

「ああ、また会おうぜ」

「お主は闇の人間だ。昔も今も、これからも。そうだろう？　だからこそわしはお主に一目置いたのだからな。裏路地で逢うことが叶えば、また組もうではないか」

満足そうに頷いた七兵衛は、表通りから裏路地に体を滑り込ませた。そうして一度裏路地の闇の中に身を溶かしてからは、息遣い一つ気配一つ感じることはなかった。

しばらく七兵衛の立っていたところを見つめていた次郎吉だったが、一人ため息をついた。

まだ、やらなくちゃならねえことがある。

大事な人、か。次郎吉は自嘲した。なあ、七兵衛さん。大事な人がもし俺のことを大事に思ってくれてなかったとしたら、あんたはどうするよ。もし、俺の独り相撲だったとしたら。

次郎吉もまた、闇の中に身を溶かした。


真っ昼間の風に揺れる見返り柳は驚くほどに綺麗だった。風が吹く度に立つ葉音に耳を澄ませる。その葉音はまるでこの苦界に沈んだ女たちの怨嗟《えんさ》の声のようだった。それだけに、心穏やかではいられなかった。

そうやってしばらく待っていると——。

女が吉原の町中からこっちに向かってくるのが見えた。決して派手とはいえない小袖に身を包み、冬も終わっているのに足袋《たび》を履いている。苦界では遊女は足袋は御法度で、苦界から出ることが叶った女はその反動で年がら年中足袋を履いているという。恐らくはあの女もそうなのだろう。風呂敷包みを抱えながら歩くその女は、しばらくすると見返り柳を見上げている次郎吉に気づいたのか、泣きぼくろの上にある左目を少し細めて小さく頭を下げた。

「おう」

声をかけると、お里は次郎吉の前に立った。

そうして目の前に立たれると、その美しさにぞっとする。二十六。何人もの男を知っているだろうに、目の前に立つこの女は乙女のように無垢な立ち姿をこちらに見せつけてくる。小さな見世の、しかもあまり位の高い遊女ではなかった。しかし、それはあくまで苦界に落ちたのが二十三だったからで、もしもっと若い頃に上がっていれば、恐らく位の高い人気の遊女となっていたことだろう。

「なんであんたがここに……」

「なんで、とはご挨拶じゃねえか」

「ここに、わたしを身請けしてくれた人がいるはずなのに」

「身請け？　ああ、俺だよ」

「え？」

そんなはずは、と言いたげなお里。そりゃそうだろう。お里を請けるために、結局八十両もの金がかかった。それなりの金持ちでなければ出せない額だ。

次郎吉は短く笑った。

「言っただろう。俺がお前を請けるって」

「でも、どうやって」

訳がわからないだろう。順を追って次郎吉は説明を加えた。

「お冬さんの金の面倒を最後まで見ていたのは俺なんだよ。もちろんバラつきはあるけど、おめえが苦界に沈んでからずっと、薬の面倒と生活費、身請けするための代金を渡してたんだ」

お里は何も言わずに下を向いた。

だが、構わずに次郎吉は続ける。

「だが、ちょいとおかしなことがあったんだ。計算が合わねえんだよ」

「計算が？」

次郎吉は続ける。

「俺がお冬さんに渡してた金だ。本来なら、おめえを身請けできるだけの金はとうの昔に渡してたんだぜ？　でも、すっからかんだったんだよ」

「え？　そんなはずはない！　だって、だって！」

お里の表情が初めて変わった。その顔には怒りすら滲んでいる。

お冬が死んだのは、お里が苦界に落ちてから二年ほど後のことになる。つまり、薬の代金を除けば、お里の母親は充分すぎる金を持たされていたということになる。薬代に消えた？　否、薬代はすべて次郎吉が出していた。その上さらに次郎吉は身請け代と生活費と称して、時折まとまった金をお冬に渡していた。足りないわけがない。

ということは――。

「俺は月に二両程度渡してた。ってことは、二両かけることの十二か月、それが二年。その金が手つかずで残ってねえとおかしいんだよ。だが、お冬さんの家にはびた一文なかった」

「どういう、ことなの」

「どうもこうもねえや。掠めてやがった奴がいるんだよ」

「掠める、そんな」

「聞きたいかい？　誰がやっていたか」

「――いい」

お里は首を横に振った。しかし、その顔色から見て、察することはできているだろう。そもそもあの金を掠め取れる人間は限られている。お里の母親と普段付き合いがあって、金の流れを逐一知っている人物……。目星を付けるのは容易かった。

掠め取っていたのは、長屋の住人たちだった。奴らは最初、いやいやながらもお冬の面倒を見るうちに、家に相当な金があることを知った。そして、お冬が惚《ぼ》けはじめたのをいいことに、少しずつ金をちょろまかしはじめた。最初は魔が差しただけのことだったろう。しかし、人間一度ある一線を踏み越えてしまえば、もう際限はなかった。男たちは男たちで、仲間と酒を飲みに行くとなれば金を拝借し、女たちは女たちで旦那の稼ぎが少ないと愚痴を漏らしながら金を掠め取った。もしかしたら、最初は返すつもりだったのかもしれない。だが、もはや裏長屋の住人の稼ぎくらいでは返せないほどに嵩んでしまっていた。

そしてお冬は死んだ。

しかし、奴らにも良心があったのだろう。本来なら無縁仏に葬っても咎められないところ、手厚く葬り墓石まで立てた。さらには一周忌の法要まで営んだのだ。せめてもの罪滅ぼしに。

「まあ、そいつらを恨むなとは口が裂けても言えねえが」次郎吉は頭を掻いた。「やむにやまれぬところもあったみてえだしなあ」

亀蔵が調べ回るうちに、長屋の住人たちの実情も見えてきた。折からの不景気で稼ぎが減ってしまった奴もいた。怪我をしたり病気になったりで仕事ができず、ずっと長屋で腐っている職人もいた。それどころか仕事の口が見つからずに喧嘩三昧だったり、身を持ち崩して質の悪い連中と付き合いはじめたりしている者もあった。だが、こいつらは決してなりたくてそうなったわけじゃない。努力が足りなくてそうなったわけでもない。ただ、持たざる者だっただけだ。

「…………」

お里は憮然《ぶぜん》とした表情だった。まあ、この女はこんな顔をしてもいい立場だ。

咎めはしなかった。

「だがよ、掠め取っていた連中も、実は二十両くらい金は残しててよ。それを俺が貰い受けたってわけだ」

正確には脅し取った。

調べたことをすべて長屋の住民どもにぶちまけた。おめえらのやったことが奉行所に知れたらどうなるかねえ、と。中には今にもドスを振り回しかねないような奴もいたが、多くは小悪党、目を泳がせて下を向いているばかりだった。そんな中、長屋の連中の意見を取りまとめたのは、次郎吉の父親である定吉だった。

『まだ、いくらか残っている。これで勘弁してもらえないか』

そうして、次郎吉の手元に二十両余りが戻ってきた。

しかし、まだお里の身請けには足りない。その分は――。

呉兵衛の屋敷――元藤木屋――から奪い取った。まだ誰も呉兵衛が死んだことに気づいていない。それもそのはず、あの屋敷は呉兵衛が手に入れてからは店として使われていなかった。ただ、呉兵衛とその取り巻きたちの拠点として使われるだけだった。呉兵衛が死んで仲間たちも散り散りになった今、誰もその死を言い立てる者はいなかった。

その屋敷の中に忍び込み、蔵の中から六十両余りを盗み出した。これでしめて八十両だ。

だが次郎吉はそこまで説明しなかった。

「まあそのなんだ、六十両はある篤志家からのもんだよ。ありがたく思うんだな」

「――そう、なの。ほんとうにありがとう……」

「馬鹿言え、当たり前じゃねえか」

これまで泥棒として稼ぎ出した金は、お里を十回は身請けできる額だろう。地道に床下にでも貯めていれば、すぐにもこの女を身請けできたはずだ。だが、どうしてもそれができなかった。金が入ってくればすぐ手離してしまう屑だった。

でも、目の前の女に惚れていたのは嘘ではなかった。

たとえ、その思いが自身の独り相撲だったとしても。

そして、その思いが巧妙に仕組まれていたものだとしても。

次郎吉は、空を見上げて呟いた。

「おめえに訊きたいことがあるんだよ」

「う、うん……」

お里の顔に翳《かげ》りが混じる。

言いたくない。もし口にしてお里が頷いてしまったら、これまでの自分の人生がすべておじゃんになる。しかし、てめえの人生の尻《けつ》くらい自分で拭きたかった。心の中で荒れ狂う暴風を押さえ込みながら、次郎吉は切り出した。

「おめえが店を切り盛りするために拵えたって俺に話した借財だがよう、店の大福帳を調べると、特に赤字になってないんだと」

七兵衛が教えてくれた。後生大事に肌身離さず持っていた大福帳を見た七兵衛が、この店はそこまで傾いていない、鈴ヶ森一家のみかじめを払っても夫婦二人で暮らしてゆけぬことはない、と。帳簿なんぞ読めない次郎吉にはさっぱりわからなかったことだ。

お里は無表情で唇を噛んでいた。こんな時でもこの女のかたくなな顔はひどく美しい。だが、この氷のような表情がすべてを雄弁に物語っているような気がしてならなかった。

「んでよう、仲間が調べてくれたんだ。おめえがした借財は全部、お冬さんのところに預けられてたみてえだって。しめて五十両。まあそれも、結局は長屋の連中に掠め取られたけどな」

「………」

「続けるぜ。おめえは俺にこう言ったよな。『店が傾きかけた穴埋めに借金をして、その借金のカタに苦界に落とされた』って。だがよ、それも違うよな。おめえの見世の忘《ぼう》八《はち》さんが教えてくれたぜ。『あの娘は自ら自分を売りに来た』って」

お里は何も言わずに下を向く。

そんな次郎吉は、次の言葉を口から出すべきか悩んでいた。これを口にすれば、すべてがおじゃんになる。

だが、次郎吉は言葉をひねり出した。

「もしかして、おめえ、俺のこと、金づる程度にしか思ってなかったんじゃねえか」

お里は唇を噛んで次郎吉の顔を睨んだ。なぜあんたにそこまで言われなくてはならないのか、そう言いたげに。だが、逆に次郎吉はこの表情で確信を持った。なんだかんだで、お里も正直な女だ。

次郎吉は続ける。

「おめえの家は早くに親父さんが死んだ。んで、病弱なお冬さんとおめえだけになった。普通、そんな家で生計が立つはずもねえ」

お里は何も言わずに次郎吉を睨む。

次郎吉は口角を上げる。だが、上手くいっているかはわからない。

「とはいっても、金を作る方法なんてそうありゃしねェよ。結局は返すあてのねェ借金をするしかなくなった。んで、俺と所帯持つ約束して借金の肩代わりをさせようとしたってわけだ」

あの頃はまだ景気がよくて、鳶は引く手数多だった。それに、あの頃の次郎吉は酒に博打に女にと羽振りが良かった。実のところは痩せ我慢だったにしろ、あの貧乏長屋の中では眩しく映ったことだろう。

だが、結局お里の借金を手っ取り早く返すために悪事を働くしかなく、所払と相成ってしまった。

「借金返済のあてがなくなって困っただろうな。おめえのこしらえた証文は質の悪い連中に流れちまった。だが、この借金証文のおかげで次のカモが見つかったんだから、世の中面白《おもしれ》えよな。そう、呉兵衛の野郎だ。あいつは〝金で別嬪の町娘をつかまえた〟とでも思ってただろうが、実際には逆だ。借金返済を迫ってきた呉兵衛を籠絡《ろうらく》したんだろう？　母親の病気で借金をこさえて、その借金を返すために意に沿わぬ相手に嫁に行く、っていう孝行娘を演じたってわけだ」

だが、呉兵衛の家が焼けてしまったことにより、呉兵衛の嫁に収まるという計画もおじゃんになった。そこで、お里はかつての男だった次郎吉を利用した。

「祝言を挙げて店を作ろうっていって、財産を持たせたまではよかった。でも、おめえはどうしたわけか廓に逃げ込んだ。その理由はわからねえから棚上げだ」

次郎吉は続ける。

「吉原に入ってからのおめえは水を得た魚だったみたいだね。仲間が主人から聞いてるぜ。おめえはけっして位の高い遊女じゃなかったけど、それでもなぜか上客ばかり取れた、ってね」

お里という女は蜘蛛《くも》だ。少し見ているうちに〝この女は案外可愛いところがあるかもしれない〟と心震わせる何かがあって、最後には〝この女の可愛いところは俺しか知らないはずだ〟という変な自信を男に抱かせる顔をしている。顔の造作だけではない。ちょっとした仕草だったり目の付け所や流し方、泣きぼくろだったり……。そんな細かい仕草や微妙な表情を縒《よ》り合わせて糸を成し、男を絡め取っていたのだろう。

「んで、おめえはある男に目を付けた。自分の色香に酔っている、廻船問屋の二代目だ。ありゃあ頭空っぽの盆暗だったらしいじゃねえか。これ以上なく御しやすい相手だったろうねえ。んで、おめえはその二代目をたらし込もうとした。だが――」

結局、二代目――又左も死んだ。

「そして、今に至る、ってわけだ。どうだい、俺の考えた筋書きは」

しばらくお里は何も言わずに下を向いていた。だが、やがて、敵意を剝き出しにした鋭い視線をこちらに投げかけてきた。

「面白い話ね。でも、証はないわ。それに、わたし、何か悪いことをした？　ただわたしは生きただけよ」

「ああ、証なんてないんだよな。それに、お上に捕まるような悪いことは何一つしてねえんだよ、おめえは」

ほっとした表情を浮かべるお里。

だがよ。次郎吉はその顔に泥を投げつけた。

「確かにおめえは悪いこたァ何にもしてねえよ。でもよ、それにァお上に追われるような、っていう但し書きがつくんだよ。世の中にァ、お上が裁けねえ悪いことだってあるだろ？」

「だとすれば、なによ？」

蛇のような顔をして睨みつけてくる。そこにはかつて愛した女の影など見るべくもなかった。いや、はじめっからそんなもの、どこにもありはしなかったのだろう。そう考え直して次郎吉は口を開いた。

「だからよ、これァ俺なりの復讐ってやつだ」

これだけ男をたらし込む術《すべ》を知っているお里のこと、たとえ又左がいなくなったところで次の男の目星などついていたに違いない。又左が死んだことで身請けの話はなくなったが、それはせいぜい二月ほど吉原から出るのが遅れるだけのことだったはずだ。

この女が一番嫌うものは何か。突然何の前触れもなく身請けが決まって、ひとり江戸の街に放り出されることだ。そうすれば、この女は富貴とは無縁の余生を送ることになるだろう。

奥歯を軋むほどに噛みしめて、お里は次郎吉を睨みつけてきた。この女の肚の内はわからない。だが、ここまでの次郎吉の想像は的を射ているようだった。

ああ。お里の感情の堰《せき》が突然切れた。重そうに頭を抱えて首を振る。

「なんであんたはわたしの邪魔ばかりするの。何も言わずに金を出してくれていれば、わたしはあんたのものになったのに。あんたが湯水のように金を出してくれさえすれば、わたしはあんたの膝の上で丸くなる家猫にもなれたってのに」

次郎吉は下を向いた。

「金がなかったからなァ」

だが、次郎吉はある瞬間に口角を上げげた。

「でもよ、これだけはわかってくれねえかい」

なおも狂犬のような目を向けてくるお里に、次郎吉は言葉を重ねた。

「俺ァよ、おめえのことが本当に好きだったんだよ。呉兵衛の野郎にも、あの藤木屋の若旦那にも渡したくなかった。いや、世の中の誰にも渡したくねえ。おめえは俺の女だ」

お里の表情が一変した。さっきまでの夜叉のような表情が緩み、年齢相応の柔らかな女の顔がそこに覗いた。

「――馬鹿ね、次郎吉さんは。わたしが体《てい》よく利用していたのに」

「認めるのかい」

「ええ、おおむねあんたの言う通りよ。十の時にお父っつぁんに死なれたわたしには、そんなに選べる道はなかった。奉公に出るにも口はなし、かといって苦界に子供を落とすような真似はさせない、ってあの頃のおっ母はがんばってたから」

お里の顔は人形のように真っ白だった。

「うちのおっ母を知っているでしょう？　若い頃から病気していたから頭空っぽ。世間の汚いところなんて全然知らないし、皆善い人だって信じているような浅はかな人。でも、わたしはあの人のことが大好きだった。だからこそ、わたしはあの人のために、あの人と生きるために、あんたと祝言を挙げる道を選んだのよ」

お里はふふ、と笑った。

「わたしには、男を騙す道しかなかった。次郎吉さんは考えなしだから、取り入るのは簡単だったわ。汚い金でも大きな助けになる。そう思って悪い話しか聞かないあんたと添うことに決めたのよ。でも、あんたはすぐに捕まった」

お里は口元を曲げながら続ける。

「その後は呉兵衛に取り入ったわ。それもおっ母のため。でもね、あの人はおっ母を見てくれる気なんてなかったの。だから、あの人の家が焼けて祝言の話がおじゃんになった時は本当に嬉しかった。だってわたしは、おっ母のために生きるって決めたんだもの。そんなわたしの前に、江戸に戻ってきたあんたが現れた」

お里は次郎吉に微笑みかけてくる。だが、その微笑みはどこか芝居じみていて、次郎吉の心をささくれ立たせる。

「店をやっている時は本当に楽しかった。小さいけど二人で暮らしていけて、おっ母の面倒もしっかり見ることができた。たぶん、わたしが望んでいたのはああいう生活だったのよ」

「じゃあなんで、おめえはそこから逃げ出したんだよ」

次郎吉の問いに対して、お里は、ああ、と嘆息して顔を両手で覆った。その細い指の間から覗く目は焦点が合っていなかった。

「だって、あんたとの貧乏暮らしの中で気づいちゃったんだもの。呉兵衛の豪華な造りの家で、おいしいご飯や綺麗な着物や温かな布団なんかを。わたしはおっ母のためにそんな夢みたいな生活があるってことから目をそらしただけだった。でも、あんたと一緒に毎日あくせく働く日々の中で、わたしだけ割を食ってるってことに気づいちゃったのよ」

夜叉が哭《な》いていた。身をよじらせ、全身を震わせながら。そして、怒りとも悲しみともつかない目を次郎吉に向けている。そして問うている。『わたしの何が悪いの』と。

次郎吉はその夜叉の視線から目をそらした。

「それで、逃げた」

「逃げた？　ふざけないで。逃げたなんてあんたに言われたくない。おっ母のことを遠ざけていたくせに」

「——そうだったな」

「だから。わたしはおっ母が一生暮らしていけるだけの金を工面して、苦界に落ちたのよ。純真で世間知らずなおっ母と、頭の足りない貧乏人のあんたから逃げ出したい一心でね。それで、わたしを拾い上げてくれるお大尽を探して幸せになるんだって決めたのよ」

「それが、あのぼんぼんだったたってか」

「ええ、あの人はいい人だった。金は持っているのに使い方を知らないお馬鹿さん。わたしを幸せにしてくれるはずの人だったのに、死んでしまった」

「そうかい」

きっと、この女の瞳には一度たりとも俺のことなんざ映ったことはないんだろう。そう思うと、心中に冷たいものが滑り込んだような心地がした。

お里はのろのろと首を振った。

「――結局わたしを苦界から出したのは貧乏人の次郎吉さんだったたってことなのね。こんな貧乏人に助けられるなんてどうかしてる」

「でも、事実《ほんとう》なんだよ。そこは受け止めてくんな」

だが、好いた女の心に、ほんの少しだけでも一生消えない傷をつけることができた。それで充分だった。

二人の間に沈黙が垂れ込めた。その間を埋めるように、吉原の見返り柳がさわさわと哭いた。その風の流れる先をずっと見やっていると、ぽつりとお里が口を開いた。

「これから、わたしはどうしたらいいのかしらね」

「さあね。身請けしたのは俺だけど、俺にァおめえの面倒を見るような余裕はねえぜ」

次郎吉は突き放すように言った。

この女にはもう帰る場所はない。

かつていた長屋に居場所はない。なにせあそこの長屋の連中はお里の母親の金を横取りしていた連中だ。向こうにも止むに止まれぬ事情があったとしても、そのわだかまりをすべてご破算にできるほど人間は強くない。仮にお里がその罪を許したとしても、罪を犯した側がお里のことを疎ましく思うだろう。お里の存在は、自分たちが犯した罪を突き付けてくる存在に他ならないのだから。

「あんたは、本当に残酷ね」

「悪いな。おめえを助け出すために、もう金を使い切っちまったんだ。そのくせもう手は血みどろでよ。だから」

次郎吉は喉の奥にわだかまる言葉を無理矢理吐き出した。

「おめえひとりで、楽しく生きればいいんじゃねえか」

呆気にとられたような顔を浮かべるお里。だが、顔を思いきり歪めて、ぷ、と吹き出した。

「あんたがそれを言う？　あんたがなにもかも奪ったくせに」

「ああ。だが誰に奪われたって関係ねえだろ？　楽しく生きたほうが人生は楽しいってもんだ」

「つまらない説教ね」

お里は頭を下げて踵を返した。そして、見返り柳から日本堤へと歩きはじめた。

「行くのかい?」

振り返りもせずに、お里は答えた。

「ええ。野垂れ死になんて絶対に御免だから。それに、あんたには全然甲斐性もないみたいだから、ここでこれ以上話していても意味はないわ。わたしも、今日のおまんまのあてを見つけないと生きていけないから」

「そうかい。あばよ。お達者で」

「ええ、あんたこそ。お達者で」

からころと履物を鳴らしながら娑婆へと戻っていく女の後ろ姿は、びっくりするほど小さかった。苦界から去る女たちが必ずしも幸せなわけではない、という。二十八になって年季が明けたところで、故郷に待つ人がいるとは限らない。年季が明けた者の中には、自ら吉原に残る道を選ぶ者も多いという。そう、次郎吉のやったことは、あの女から吉原に残るという道すらも奪う行ないだった。

だが、あの女の背中は決して哀れを誘うものではなかった。それどころか、生きるだけ生きてやる、そんな心の叫びを身にまとっているかのようだった。

「さて、これで終わり、か」

さわさわと柳が騒いだ。

「もう、なにもやることはねえ、か。やるだけやったしな」

頬に風を受けながら、次郎吉は頷いた。

だが、肚の内から湧き上がる思いを内に溜めておくことはできなかった。

「お里……お里ォ……！　俺ァおめえのことが大好きだったんだよ、ただそれだけだったんだよ。俺ァいったい何を間違えちまったんだろうなあ。おめえも何を間違えちまったんだろうなあ……」

しゃくりあげながら誰にともなく口にした問いかけも、熱を失った風に流されて空の向こうに消えていってしまった。

# 終話　天女のイカサマ

「外に出ろ」

獄吏の声が響く。

「あいよ」

独房の中、一つ大きな伸びをした次郎吉は立ち上がった。獄に繋がれて数か月。拷問の類は受けていないが、それでも少しずつ体が弱っていく。もっとも、広い独房を与えられているだけ、牢名主やら三役やらがいる大部屋と比べたらはるかにマシというものだ。

手枷《てかせ》をはめられたままで立ち上がり、獄吏の開いた躙《にじ》り口から出た次郎吉は、顎のあたりに梅干を作る獄吏に頭を下げた。

「世話になったね」

「いや」

「そう言いねェ」

この獄吏は甲斐甲斐しく世話をしてくれた。罪人である次郎吉のことを決して粗略には扱わず、毎日飯も欠かさなかったし、他の獄吏のように嫌がらせもしてこなかった。口数が多くないのが玉に傷だが、こんな実直なお人が獄吏をやっているんだから世も末だ。ある折にそんなことをふと思ったくらいだった。

すると、獄吏は少々困惑したような表情を浮かべた。

「お前、これから何があるのかわかっているのだろうな」

「もちろんさ」

次郎吉は頷いた。しかし、不思議と怖くない。

数日前、お白洲に引っ立てられて、何度目になるかわからない詮議を受けた。普通、泥棒の詮議など一日で終わるものだと聞いていただけに、数回にも分けられたその詮議には辟易したものだった。足掛け数か月にもわたる詮議の結果がようやくその日に出たのだった。

市中引き回しの上獄門磔。

おお。思わず次郎吉は唸った。泥棒稼業の相場は打ち首だと聞いていただけに、もっと上の酷刑が言い渡されたということになる。どうせ死のうは一定《いちじょう》、首を一閃《いっせん》されようが、腹に槍《やり》を突き立てられて首を晒されようが、大した差はない。

ようやく死ねるのか。それが次郎吉の感想だった。

お里を苦界から救い出してから一年。次郎吉はそれからも武家屋敷に盗みに入っていた。とはいっても、かつての盗みよりもはるかにつつましい額だ。月に一度程度、適当に酒を飲めて博打が打てる程度の金を盗んで日々を過ごしていた。だがある日、さる大名家で捕まってしまい、そのまま素性がばれ、町奉行所に引き渡された、という格好悪い流れで今ここにいる。

これだけ格好悪く捕まってしまったからには、これ以上でかい恥をかくことはない。そう思えばこそ、あまり悲観する気にもならなかった。

あの世まで今世《こんせ》の恥は追ってきやしない。ただ、それだけのことだ。

「だから、世話になったって言ったんだ」

すると、獄吏は口元を少し震わせた。

「――なぜ、お前がここに居るのかがわからない」

「へ？」

「これまで多くの極悪人どもを見てきた。だが、お前はどうもその者どもとは違う気がする」

「いや、一緒だよ。俺も極悪人どもも。お上が知らねえだけだ」

今にして思えば、越えてはいけない一線は、思う以上にもっと手前にあったんじゃないか、そんな気がしてならない。博打の金欲しさに盗みに入った若造のあの日。あの時既に、こうして獄門をくぐる道が続いていたのかもしれない。もとより堅気でちまちまと生きていける気もしない。どう考えても、獄門行きのこの人生はお釈迦《しやか》様の定めたもうた業に思えてならない。

短くかぶりを振った獄吏は、そういえば、と切り出してきた。

「お前に差し入れがあるのだが」

「差し入れ、だあ?」

とても信じられなかった。次郎吉は親から勘当されているから天涯孤独だ。一緒に酒を飲む仲間がないわけではなかったが、こうして獄に繋がれてからは差し入れ一つ寄越すことはなかった。世間の世知辛さを思うこととしきりだ。

人違いじゃないのか。そう言ってみたものの、獄吏は首を横に振った。

「これだ」

そうして獄吏が持ってきたのは――。

「こりゃすげえな」

次郎吉でさえ目を見張るほどの着流しだった。受け取って見てみると、縦糸と横糸で別種の糸を使っている縞だということがわかる。きっとこれは縦糸に絹、横糸に綿だろう。相当いい品のはずだ。こんなものを、なぜ――。

「西多摩郡の特産品だな」

む。引っ掛かるものがあった。

「なあ、これ、誰が持ってきたんだ？　名前は聞いてないのか。なに、聞いてねえ？　じゃあどんな奴が持ってきたんだよ」

「それは――」

獄吏が言うには――。

今日の朝早く、杖を突いて歩く年の頃四十半ばほどの男がやってきて、次郎吉に、とこの着流しを獄吏に託したのだという。名を問うても応えることなく、ただ死に装束を拵えたと伝えてくれ、とだけことづけて去っていった。その後ろ姿はまるで取りつく島もなく、荒波に打たれ佇む岩のようにかたくなだった。

西多摩の縞、そして四十半ばほどの杖を突く男――。

生きていたのか。

死んだものだとばかり思っていた。最後にその姿を見てから一年と数か月。一度として目の前に姿を現すことはなかった。それだけに、もはや今生では見《まみ》えることも叶うまいと覚悟していた。

世話になったなあ。

縦糸に絹、横糸に綿。それはあの男の鏡写しに他ならなかった。縦糸に極悪非道の悪党、横糸に心優しい仁医を用いて織り上がったあの男は、その相容れない二つの目の間を行ったり来たりしていた。

あの人の最期には、どっちの目が出るのかねえ。

縞の着流しを抱き締めながら、次郎吉は頭を下げた。

と、獄吏がまた口を開いた。

「そういえば、あともう一つ」

「まだあるのかよ」

「ああ、これだ」

そうして獄吏が差し出してきたのは、手の中に納まってしまいそうな丸い形の木の容れ物と剃刀だった。容れ物の蓋を開くと、中には鮮やかな色をした紅が入っていた。

「どちらも松浦静山様の下され物だ」

「松浦静山……あ」

あの得体の知れない老人の顔が浮かんでは消えた。なるほど、本来は牢には持ち込めないはずの剃刀が差し入れされたのは、送り主が送り主だからか。

「それにしても、大名家から下され物が来るとは。やはり、世間はお前のことでもちきりなんだな」

「は？　どういうこったい」

「——そうだったな。お前はずっとこの中にいたゆえ知らんな。ならば、せいぜい身づくろいをして出るがいい。恐らく面食らうことになるだろうからな」

その獄吏の言葉の意味を、その時の次郎吉には測ることができなかった。


「な、なんじゃこりゃあ」

次郎吉は思わず目を見張った。

小伝馬町の門をくぐった時だ。手を高手小手《たかてこて》に縛られて馬の背中に揺られる次郎吉を待っていたのは、数か月ぶりに浴びるお天道様と、大歓声に沸く江戸の町人たちの熱狂だった。

ど、どうなってやがるんだ、これじゃあまるで将軍様のおなりみてえじゃねえか。

そんな困惑とともに、次郎吉を乗せた馬はゆっくりと大路の真ん中を歩きはじめた。

しかし、どこまで行っても江戸っ子たちの熱狂が途切れることはなかった。男も女も老いも若きも、次郎吉に割れんばかりの歓声を上げている。あまりにいろんな声が混ざりすぎていて、その一つ一つを抜き出すことはできない。

どうなってんだ。そうぼやいていると、獄の同心がため息をついた。

「まったく、お前にしてやられたよ」

「は？」

次郎吉に随歩するその若い同心は苦々しい顔をしながら続ける。しかし、罪人との私語は禁じられているのだろう、前を向いたままで。

「お前のその格好のせいだ」

さっき七兵衛から貰った縞の着流しをまとい、松浦静山から届いた剃刀で髪や髭を整え、朱を唇に差した。これではまるで役者のようだ。

「そんな格好よく目立たれては、市中引き回しの意味はないんだがなあ」

「で、でもよ」次郎吉も前を向いたまま口を開く。「でもなんでこんなに町人が集まってるんだよ」

「ああ、それは——。見えないか。町人どもの中に、紙切れを持っている者がいる」

「へ、あ、ああ」

確かにこの道に集う町人の手には紙が握られている。

あれは。

「瓦版だよ」

苦々しく同心が言うには――。

次郎吉が捕まってすぐ、次郎吉をネタにした瓦版が出回りはじめた。最初こそ世間を騒がせていた泥棒が捕まった、という事実が書かれていたのみだったが、やがてその紙面に変化が出はじめた。鼠小僧の住んでいたとされる長屋にほとんど金目のものがなく、盗んだ金の行方もわからないという話も流れはじめた。さらには、鼠小僧に金を恵んでもらった、などという老婆の言葉や、鼠小僧の金で一時《いっとき》飯を食っていた、という職人の体験談、河原に住んでいて病にかかっていたものの鼠小僧が金を投げ込んでくれたおかげで命を永らえ、今やある商家で手代をやっているという少年の話まで載りはじめた。

そうして今では――。

「信じられるか。コソ泥が神様扱いだ」

「神様? 俺が?」

「ああ、〝亀印〟とかいう瓦版が特にひどくてな。最初にお前を善玉だって言いはじめた瓦版だ。それを重く見て隠密廻りが調べて回っておるが捕まらんな。いずれにしても、厄介なことをしてくれる」

亀印。

ああ、あいつも生きてたんだ。

あの瓦版の辻売りとも一年以上顔を合わせていない。呉兵衛の件からなんとなく顔を合わせづらくて、そのまま疎遠になってしまったのだった。風の噂に今でも瓦版を刷っていたことは知っていたものの、奴の刷ったものに興味はなかった。

だが。はは。

思わず笑みを漏らして次郎吉は空を見上げた。

七兵衛も松浦静山も亀蔵も。とんでもない悪党だ。その悪党にしか餞《はなむけ》を貰えなかった俺は、もう悪党の道まっしぐらだ。こりゃあもう閻魔様の裁決なんて待つまでもなく地獄に堕ちるが定めってやつだ。

悪党としてしか生きられなかった悪党が、やっぱり悪党として死ぬ。面白い人生じゃねえか。

そうやって馬に揺られていると、ふと、人の波の中に刺すような視線を感じた。そのほうを向くと、そこには——。左目の下に泣きぼくろのある小袖姿の女の姿があった。

ああ、綺麗だなあ。

昔からどうしても欲しかったもの。もしかして、堅気のままで生きていられたなら手に入ったかもしれないもの。もしかしたら、一緒に同じ時を過ごし、同じ人生を過ごして死が二人を分かつまで添うはずだったかもしれない女。その女が、何の表情もなくこちらを見据えている。

綺麗だなあ――。

だが、手は届かない。そもそも後ろ手に縛られているのだから手が動くはずもなかった。それでも、次郎吉は手を伸ばそうと力を込めた。しかし、動かない。

手の届かない花は、手が届かないからこそ綺麗に咲き誇る。

誰の言葉だっただろうか。そんな詮無きことを思っているうちに、馬はお里の前を通り過ぎた。

はは。

誰にも聞こえないように嗤《わら》い、次郎吉は空を見上げた。

おい呉兵衛。おめえ言ってたよな。金があれば何でも買える、ってよ。でも、買えねえものも結構あるみたいだぜ。

と、その瞬間だった。

人混みが歓声で沸いた。なんだろう、とその声の沸いたほうを振り返ると、そこには、道に躍り出ようとしているお里を目明したちが押し留めている姿があった。お里は目明したちに押さえつけられながらも何かを叫んでいた。しかし、周りの歓声に阻まれて何を言っているのかわからない。

お里。

次郎吉も声を上げた。しかし、辺りにいた目明したちが長柄を繰り出して次郎吉を制した。

お里もまた何かを叫んでいる。けれど、どんなに耳をそばだててもお里の声は聞こえない。お里が飛び出したことで江戸の町民たちに火がついたらしい。神田祭もかくやの喧騒に包まれる。

人々の発する言葉が、大雨になって落ちてくる。自分の声も、お里の声も聞こえない。だったら。

次郎吉は叫んだ。

おめえは生きろよ、と。

思えばそれだけだった。俺の人生はただそれだけだった。ただそれだけのことなのに、なんでこんなに遠回りしちまったんだろう。そんな思いばかりが次郎吉の胸に浮かんでは消える。

すると、目明したちに押さえつけられていたお里が、確かに頷いた。そして、必死で何かを叫んでいた。だが、人々の声の大雨で何も聞こえない。

ああ、お前の声が聞こえなくてよかった。次郎吉は呟いた。もしかしたら、あいつは俺に恨み言を言っているのかもしれない。でも、今の俺は何も聞こえないのをいいことに、てめえに都合のいいように思い込むことができる。綺麗なお里の思い出を抱えてこの世からおさらばだ。

はは。

次郎吉は短く笑った。しかし、その笑い声すらも、人々の熱狂混じりの声に紛れ、誰の耳にも届かなかった。

本書は書き下ろしです。原稿枚数530枚（400字詰め）。

〈著者紹介〉
谷津矢車　1986年東京都生まれ。駒澤大学文学部歴史学科考古学専攻卒。第18回歴史群像大賞優秀賞受賞。2013年『洛中洛外画狂伝　狩野永徳』でデビュー。著書に『蔦屋』、『てのひら』（以上、学研パブリッシング）、『曽呂利！』（実業之日本社）、『三人孫市』（中央公論新社）がある。今最も注目される若手時代小説作家。

しゃらくせえ　鼠小僧伝
2016年5月25日　第1刷発行

GENTOSHA

著　者　谷津矢車
発行者　見城 徹

発行所　株式会社 幻冬舎
〒151-0051 東京都渋谷区千駄ヶ谷4-9-7

電話：03(5411)6211(編集)
03(5411)6222(営業)
振替：00120-8-767643
印刷・製本所：中央精版印刷株式会社

検印廃止


ISBN978-4-344-02942-2 C0093
幻冬舎ホームページアドレス　http://www.gentosha.co.jp/

この本に関するご意見・ご感想をメールでお寄せいただく場合は、
comment@gentosha.co.jpまで。